埃德蒙·雅贝斯文集

埃德蒙·雅贝斯文集

我构筑我的家园

（*1943—1957*）

［法］埃德蒙·雅贝斯＿著
刘楠祺＿译　叶安宁＿校译

广西师范大学出版社
·桂林·

我构筑我的家园
WO GOUZHU WO DE JIAYUAN

JE BÂTIS MA DEMEURE
Poèmes 1943-1957
Author: Edmond JABÈS © Éditions Gallimard, Paris, 1975.
Translated by LIU Nanqi
著作权合同登记号桂图登字：20-2021-204 号

图书在版编目（CIP）数据

我构筑我的家园 /（法）埃德蒙·雅贝斯著；刘楠祺译. --桂林：广西师范大学出版社，2022.1
（纯粹译丛. 埃德蒙·雅贝斯文集）
ISBN 978-7-5598-4427-9

Ⅰ. ①我… Ⅱ. ①埃…②刘… Ⅲ. ①诗集－法国－现代 Ⅳ. ①I565.25

中国版本图书馆 CIP 数据核字（2021）第 223816 号

广西师范大学出版社出版发行
（广西桂林市五里店路 9 号　邮政编码：541004）
（网址：http://www.bbtpress.com
出版人：黄轩庄
全国新华书店经销
湛江南华印务有限公司印刷
（广东省湛江市霞山区绿塘路 61 号　邮政编码：524002）
开本：720 mm × 960 mm　1/16
印张：26.25　　　字数：140 千
2022 年 1 月第 1 版　2022 年 1 月第 1 次印刷
印数：0 001~6 000 册　定价：76.00 元
如发现印装质量问题，影响阅读，请与出版社发行部门联系调换。

作者像

埃德蒙·雅贝斯，1912年4月16日生于开罗。

1957年被迫离开埃及，定居巴黎，后选择加入法国国籍。

1959年出版诗集《我构筑我的家园》，收录1943—1957年间的诗作。

自1959年起开始创作《问题之书》：

1963—1973年出版七卷本《问题之书》。

1976—1980年出版三卷本《相似之书》。

1982—1987年出版四卷本《界限之书》。

1989年出版一卷本《腋下夹着一本袖珍书的异乡人》。

上述十五卷流亡中诞生的作品构成了埃德蒙·雅贝斯著名的"问题之书系列"，该系列作品因其创作风格的独特性而难以定义和归类。

埃德蒙·雅贝斯现已成为众多专家学者研究的对象，其作品已被译成包括英语、德语、西班牙语、瑞典语、希伯来语和意大利语在内的多种文字出版。

埃德蒙·雅贝斯于1970年获法国文学批评奖，1982年获法国犹太文化基金会艺术、文学和科学奖，1987年获法国国家诗歌大奖，并于1983年、1987年分别获意大利帕索里尼奖和西塔泰拉奖。

埃德蒙·雅贝斯于1991年1月2日在巴黎逝世。

再版前言

　　这部诗集的再版，引领我在这部旧作的一页页中复活。

　　从开篇到"二战"的那些年，犹如一段漫长的回溯之旅。那正是我从最温情的童年到创作《为食人妖的盛筵而歌》那段时期。而与此同时，死亡却在四处疯狂肆虐。一切都在崩塌之际，这些诗不啻拯救的话语。

　　的确，通过诗与大量格言的介入，我在过去书写出的这段漫长的旅程已化作我实实在在的往昔。

　　如今，在这部旧作和我之间的空间已由《问题之书》所填补；但我向"未知"那永无安歇之地迈出冒险的第一步时所感受到的迷醉与恐惧，依旧能由这些文本所证实。

埃·雅

目录

井　水 (1955) *007*

缺席的场域 (1956) *011*

为食人妖的盛筵而歌 (1943—1945) *017*

　　为黑夜之王而歌 *019*

　　无题之歌 *020*

　　为三个惊愕的死者而歌 *021*

　　三场暴风雨之歌 *022*

　　为一幅撕裂的画面而歌 *023*

　　为我的读者而歌 *024*

　　为我的歌起歌落而歌 *025*

　　为清澈之水而作的短歌 *025*

　　途中之歌 *026*

为我忠实的墨水而歌　027
为永恒之歌而作的短歌　027
为吾爱醒来而歌　027
为一个爱的传奇而作的短歌　029
为一位赤裸的恋人而歌　029
为你而歌　031
为一个月光之夜而歌　033
月亮蛇之歌　034
为黄昏雨落而歌　035
为失去的一天而歌　036
为一位不幸的女友而歌　037
为绝望的大海而歌　038
陌生女人之歌　038
陌生男人之歌　039
枯坐的女人之歌　040
平和的岁月之歌　041
悲情年景之歌　042
单调的大地之歌　044
我的歌之色彩　044
为一位死去的王后而歌　045
为一位死去的女丐而歌　046
天堂的双象之歌　047
为燕子归来而歌　049
为你紧闭的眼睑而歌　051
为我故乡一头死去的驴子而歌　051

为灰烬的三个音符而歌　*051*

为一位秘密的恋人而歌　*052*

神奇女郎之歌　*055*

为一片应许之地而歌　*055*

三头红象之歌　*056*

为七条鱼的女王而歌　*058*

为苏丹的宠姬而歌　*060*

为一位修女的花园而歌　*062*

为两种笑而歌　*064*

为一幅懒鬼的家居写照而作的短歌　*064*

为一种时下的哲学而歌　*065*

为此地的三个疯女和三个疯男而歌　*066*

为三个糖人洋娃娃而歌　*067*

为四月一日的花窗而作的短歌　*068*

为一个拂晓的花环而歌　*068*

窄门之歌　*069*

最后的犹太孩子之歌　*070*

暴戾的小姑娘之歌　*071*

三个坐着的小老妇之歌　*072*

为阵亡士兵执着的手而作的短歌　*074*

为幸福少女的脸而歌　*074*

为一位内心遭受磨难的修女而歌　*074*

黑森林的树木之歌　*075*

哀伤之歌　*076*

水　底(1946)　*077*

我街区的三个姑娘(1947—1948)　*091*

墨之声(1949)　*101*
　　沉睡的客栈　*103*
　　太阳之地　*118*
　　大海的焦渴　*122*

拱顶石(1949)　*135*
　　孤独的峭壁　*137*
　　夜的分量　*153*
　　隐形的我们　*157*
　　白昼美人　*163*
　　囚　徒　*172*
　　视觉的武器　*174*

词语留痕(1943—1951)　*179*
　　逃生门　*181*
　　图　景　*204*
　　血　脉　*209*
　　恒　心　*217*
　　　　毛发的故事　*217*
　　　　石头的故事　*218*
　　　　远行的故事　*219*

　　　　词语的故事 *221*
　　　　眼睛的故事 *222*
　　黑　盐 *226*
　　　　在视觉之心 *226*
　　　　孤独的信号灯 *227*

世界之壳（1953—1954）*235*
　　无情的女人 *237*
　　毕加索的天空 *238*
　　最小的星星 *240*
　　绝　境 *241*
　　镜　子 *242*
　　我从沉闷的国度给您写信 *243*
　　地平线 *246*
　　悼亡诗二首 *250*
　　对你，我言说 *255*
　　节日般双眼的少女 *257*
　　土地的守望者 *261*
　　偶　像 *267*
　　四　季 *276*
　　沉默的代价 *281*
　　世界的变形 *282*
　　被褫夺的片刻 *283*
　　异乡人 *284*
　　海基之上 *285*

死亡的面具 *287*

城市之钥 *289*

桨的密谈 *309*

破碎的屏幕 *310*

大洪水后 *311*

阴影的中心（1955） *313*

生的机会 *315*

彗发之鸮 *325*

联系与时光 *326*

朝圣者 *335*

词语的白与符号的黑（1953—1956） *337*

在我们的传奇上树碑立传 *339*

奢华的家园 *339*

种族的起源 *342*

面具与岁月 *342*

物质的变形 *343*

音乐会之夜或陌生的词语 *345*

舞者与峰顶 *357*

桨与帆 *362*

在面具和词语世界里的小小漫游（1956） *375*

空白页 *377*

戏　子 *377*

演讲者 *378*
头　儿 *379*
异乡人 *380*
登山者 *380*
窥视者 *381*
魇魔者 *382*
水　手 *382*
无知者 *383*

春之契约（1957） *385*

译后记 *391*

我构筑我的家园

(*1943—1957*)

要把她指给你们看，才能让你们承认这个众所周知的事实么？不管你们是否见过她，重要的是你们必须相信她，承认她，肯定她，并向她发誓和保护她。

——《堂吉诃德》

献给阿莱特①

① 阿莱特（Arlette Cohen，1914—1992），埃德蒙·雅贝斯的妻子，二人 1929 年相识，1935 年在开罗成婚。

井　水
(*1955*)

从井中汲水。给
渴片刻
纾解;予手
施救的机会。

*

睫毛的夜。已见。
物为手闪光。
喧闹咀嚼着喧声。
水剥去记忆。

*

终结。前世界。
忧虑被超越。
冒险忠实于
火之梦的丧钟。

*

我在。我曾在。交接点,
野兽们一长串。

我见，我将见。果实中
是树木的信念。

*

粉笔的岁月。石板
随头生畜一起抽搐。
词语比符号命长。
风景比墨水久远。

*

条条道路。无限。
脸的馈赠。
给四季，皱纹。
予土地，大川。

缺席的场域

(*1956*)

一

无主之地,沉迷的纸页。

家园是暗无天日的矿井巷道里
一次冗长的失眠。

我的岁月是根的日子,
爱之轭备受揄扬。

天空总要跨越,而
前景靠新夜哺育。

我丧痛的步履在墙壁间
勾勒出暗光中一片飞地。

大地浸渍于
远行的幻梦中。

二

我拆卸有条不紊的
钟寻找神谕。

三

梦想自己是晨曦之姊妹的舞女们,
伴着奇迹的遗忘跳起华尔兹吧,
旋动起洒满阳光的裙裾。

道路绝不怜悯那些拐进
岔道的人。守财奴没有同伴。

四

但时间仍有待降生,在边境的时刻,
当沙漠之隼统治着无数惊恐的眼睛。

五

什么样的永恒之誓愿
从劳作中抓住还醒着的那人?

六

夜之外的大地,太阳从冥想
和怀疑的荆棘中脱身。

花朵炫示调皮的率真。花茎追随
超卓的太空女冒险家的踪迹。

蜜汁在石缝间流淌
水泥将黏合彼此。

七

枝丫四周,世界模仿它的饥渴。
一棵树,芬芳之神为它种下如许
尖叫,再以魔幻的轮舞使其弯曲。

我们组编起
汁液。年轮再无价值。

我的奥秘是座座果园。
神秘绝无恶念。

我的爱,发间的一朵玫瑰,
男人的讯息,大地的讯息。

为食人妖的盛筵而歌

(*1943—1945*)

怀念马克斯·雅各布

……因为在独自忍受不幸与死亡的最血腥的时刻,或许会有一曲与童年紧密相连的歌。

为黑夜之王而歌

你认识黑色之王么?
他
怀揣利剑,鲜花满抱。

你认识他的姊妹么?

头一个唤醒疾风,
秀发飞扬,纤臂高举。

第二个托起大洋:
年逾百岁。

第三个是只小鼠,
王为其佩上
儿子的绶带。

三十个眼红的王子,
某天清早,
谋弑了君王。

这便是黑色之王马拉库

悲惨的故事

他的心头

蹲踞着三个哭泣的幽灵。

无题之歌
——献给加比·阿格侬奥和雷蒙·阿格侬奥①

自从有这故事

鸟儿生出四翼

新娘戴上婚戒

潮汐捧出花束

岩石吐出一舌

喋喋不休,喋喋不休……

自从有这一夜

墙壁长出四顶

忧愁披上外套

美丽垒窝筑巢

---

① 加比·阿格侬奥(Gaby Aghion, 1921—2014),法国时装设计大师,时尚品牌蔻依(Chloé)的创始人,生于埃及,1945 年与其夫雷蒙·阿格侬奥(Raymond Aghion, 1921—2009)婚后迁居巴黎。

卧床升起桅杆

扬帆远航，扬帆远航……

自从有这海难

大海伸出四臂

老鼠全数告辞

珍珠变为匕首

天空化作丝帕

泪落其中，泪落其中……

为三个惊愕的死者而歌

我们曾是三个死者

不知因何来到

这敞开的墓穴。

最年长的说："好美！"

另一个说："太热……"

而我刚从梦中醒来，

自然会说：

"已经？"

我们曾是三个幽灵

无唇，无颈

因为缺梦

笑声掖在

腋下。

而一个少女

还原为夜

给我们做伴。

三场暴风雨之歌

三株玫瑰，三只蝎子

寻找一枚泡沫的窝。

玫瑰打破了窝。

蝎子偷了泡沫。

三株玫瑰，三只蝎子

或许还有一只白鹭。

白鹭嫁给了风

玫瑰许配了蝎子。

三株玫瑰，这片荒漠。

三只蝎子,这道闪电。
我们是否驭风跨洋
永远旅行?

三株玫瑰,三轮明月
置身九霄和孤寂的大地。
一道帷幔,缘何绿?
笔下又有多少死者。

为一幅撕裂的画面而歌

窗后,遗忘的哀伤之窗,
有过,有过,有过一个人
遥望远方。

窗后,道路的哀伤之窗,
有过,有过,有过一张脸
摧杀画面。

你没在看我。
你从未见过我。

你知道尽管如此你仍讨我欢喜。

窗后，亲吻的哀伤之窗，
有过，有过，有过一个女奴
编结岁月。

你有我情人的笑容。
你的芬芳属那晨曦。
我摹写你的唇吻。

窗后，花园的哀伤之窗，
有过，有过，有过一个死去的女人
加冕清晨。

为我的读者而歌

　　读者呵，这部歌集里，你找不到我最爱的歌。它藏身他处，藏在将你的睫毛染成金黄的风中。那吹拂的一瞥呵……你入睡时，必会听到我的歌……
　　我并非黑夜的领唱者。我在你的欢笑里，是你的笑；在你的哭泣里，是讶异你泪水的胡蜂。世界的全部汁液在你唇上。你醒来时，必会唱起我的歌……

为我的歌起歌落而歌

　　因为我的歌早起若此,多少次,一个从天上落下来的少女和清晨一道慌乱讶异。她不知自己要去往哪里。蜜蜂让她惊奇而花儿引领她的脚步。风在她手中吹拂。挣脱太阳后,多少次,一个饰着群鸟花环的少女与夜晚一道讶异惊慌。她不知自己在等谁。路上有她循踪跟随的血迹,她的目光中有那么多哭喊,因为我的歌晚睡若此。

为清澈之水而作的短歌

　　一个巨人摘星星。他双手燃烧。一个侏儒钓星星。他双手如冰。他俩干到清晨才转身离去;因为一个把水点燃时,另一个将它熄灭。

途中之歌

曾有三个小姑娘
咧嘴不停地
笑,而小男生们
开始吹口哨。
树上有只鸟
水中有条鱼:
他们给没人爱的
那块瞎眼石头
服了气的石头
画上大大的记号。

曾有三个小姑娘
撇嘴不停地
哭,而小男生们
开始喘不过气。
路上有块石头
树上有只苹果:
她们给天上飞的鸟
给海底
沉睡的鱼
画上大大的记号。

为我忠实的墨水而歌

你若是绿色的,便会是树的泪水。

你若是蓝色的,便会是风的石基。

可你就是我,于是我们一同建起座座朴拙的城堡。每个城堡里都有一位不幸的公主被我解救。每张纸页都有一个爱人,她正是我之永爱。

你若是白色的,便会沉溺于明眸。

你若是红色的,便会是火的恋人。

黑色,你供我驱策,我们共创骇世奇迹。

为永恒之歌而作的短歌

古堡唯经行吟诗人之手才能久立。古提琴上,手弹奏着我忠实的歌。别怕,神秘的公主,这是白昼。一株红玫瑰守护你醒来:那是太阳。有人说,它虽遥远,却令花园万紫千红。

为吾爱醒来而歌

水之边缘

有波在焉。

波之边缘

有石在焉。

石之边缘

有沙在焉。

吾爱，吾爱。

沙之边缘

有街在焉。

街之边缘

有草在焉。

草之边缘

汝窗在焉。

吾爱，吾爱。

汝窗边缘

有鹰在焉。

鹰之边缘

有星在焉。

星之边缘

晨光在焉。

吾爱，吾爱。

为一个爱的传奇而作的短歌

英俊的骑手驻足泉边,从溺水公主的唇上啜饮。好仙女们,跑开吧!背叛的石头屏息敛气。不用去爱更多的水,只要一张凌乱的床,而床下,两只拖鞋。

为一位赤裸的恋人而歌

这是一个蓝色的女人
披着秀发。

这是一个红色的女人
倚着香肩。

这是一个赤裸的女人。
你把你的名字给了她。

我那勇敢的被囚的
痛苦,站起来。

我路上的一个女人。

你把你的脸给了她。

我在找你,她回答。

这是一个透明的
女人
斜倚
灯盏。

这是一个舒展的
女人
蓝天在她身上
做梦。

这是一个沉睡的
女人
你在她身上
独行。

这是一个新生的
女人
大地为她
旋转。

这是一个陌生的

女人

双手被果实

啃噬。

为你而歌

我不会停止

歌唱钟与钟的无言邂逅,

张张香榻的扶手,

相似群鸟的成群骤降,

永恒之镜的震颤不息。

我不会停止

歌唱唇上红色的创伤,

倔强的肩,令人惊异的腋窝,

夜晚幽会中永远守时的乳房。

我不会停止

歌唱你以灰为妆的脸,

灯盏熄灭的黎明中最后的海难，
你闪避搂抱的脖颈，
你决不背叛的脚步。

我不会停止
歌唱你款款的腰肢，
你浸在云中的脚踝，
如许漂泊的思绪，
如许神妙的轻烟。

我不会停止
歌唱你流淌的秀发
在孤寂的、被枝叶和
护眼罩所伤的树根上

我不会停止
歌唱街道、公园、大海，
因为我懂你，
因为我爱你并懂你。

我不会停止
学习欢笑，
在宫殿深处

画画儿并欢笑；
因为我怕你，
因为我爱你又怕你。

我不会停止
沿着天空
锻造铁锁、
挂锁和带箍，
因为我守护你，
因为我爱你并守护你。

我不会停止
切割你的双手、
你的胳膊和你的手腕，
为了让诀别
永不能浮上水面。

为一个月光之夜而歌

你挪动街道。
城市成了迷宫。

我总是来到你的街头。

你换了名字。
岁月是我的梯子。
可你的窗子那么高。

你从我的视线里迷失。
你门前,有个窃贼
拨弄着锁孔。

你划定我梦境的边界。
你从大地逃离,
从冬天,从泪水中逃离。

月亮蛇之歌

那咝咝响的
比哨音更富活力。

那滑行的
比花茎更其柔韧。

今夜像一只手
手指会熊熊燃烧,

手心是个屋顶
你正惴惴游荡。

那流逝的
比风更令人伤怀。

大地无视大地
那气喘吁吁的奔跑者

在天边轰然倒下。

为黄昏雨落而歌

一个男人在等待
爱。

阵阵远方的钟声

敲响。

没有希望
那男人仍在等待。

每扇关牢的门扉
闭紧自己的秘密。

一个男人泪落
为他爱的那人……

为失去的一天而歌

白天落下
像一声熟透的哭喊。
我不喜欢哭喊。

白天落下
像一枚熟透的太阳。
我不喜欢黑夜。

这一天燃烧在

我的忧伤中。

白天落下

像一只老去的鸟。

我不喜欢大地。

白天落下

像一个古老的梦。

我不喜欢大海。

那在目光里

死去的这一天。

白天落在

半道上。

没人将它拾起。

为一位不幸的女友而歌

今晨,鸟儿们醒得比树早。一个幽灵嘶嘶飘过。树倾听,伸展枝条。

于是在每一思绪中都有鸟落,像落在白昼上的贪嘴蜜蜂。鸟儿、幽灵和沉重的水;随后有一条鱼在占卜。我们十个人在树下剥着杏仁。路上到处是死者。有个女人,是个同谋,袖子挽到胳膊肘,在埋葬爱情。

为绝望的大海而歌

当一条用星星喂养的鱼离开它的故乡,当一只迷恋云彩的蟹在沙滩外寻觅自己的脸,大海就会碎成浪花,风会为修补它而精疲力竭。当一条鱼想离去时,当一只蟹想存在时,我的歌就会被唱起……

陌生女人之歌

　　她倚树
　　而立。
　　她周身赤裸。
　　她是树的性。

　　她在等那个男人
　　而世界将要从

他们的爱中诞生。

她神色苍白。
她即是爱情。
而男人吹进她耳中
一串他兄弟们的名字。

她死了
而男人还在述说。

陌生男人之歌

我在寻找
一个我不认识的男人,
从我开始找寻他,
他便再也绝不是我自己。
他是否有我的眼睛,我的手
和所有那些像是
时光之残骸的思绪?
上千场海难的季节,
海已不再是海,

而是冰冷的水墓园。

但,更远,谁知道更远?

一个小女孩儿倒退着唱歌

并统治树林的夜晚,

那羊群中的牧羊女。

从盐粒上绞掉干渴吧,

没有饮料可以解渴。

像我一样无处存身的

一整个世界,连同它的石头

皆伤心欲绝。

枯坐的女人之歌

这是个枯坐的女人

被一日日的太阳销蚀。

往昔,她的眼泪

曾使大地林木葱郁。

她的心在燃烧。

这女人枯坐
在我膝头。她心不在焉，
数着日子。

平和的岁月之歌

星期一，一根针，
等候着线。

星期二，一张嘴，
笑对露水。

星期三，是你的手，
向光明立誓。

可星期四，你的双乳
还有一天寿数。

星期五，再无语：
我们期待未来。

星期六，是个奇迹，
身披慵懒。

星期天，你的爱抚
忘记了老去。

悲情年景之歌

一月，红色的雪
禁绝了未来。

所有秧鸡，二月，
所有秧鸡密谋。

三月，死者的声音
让邋遢鬼惊骇。

所有秧鸡，四月，
所有秧鸡，花一般绽放。

五月，大地玩起

变脸的游戏。

所有秧鸡,六月,
所有秧鸡失血。

七月,希望断气
像条癞皮狗。

正是在八月,过去
我们欢庆群山。

所有秧鸡,九月,
所有秧鸡低嚎。

十月,一个绝望者
给大地留下记号。

太阳,十一月,太阳
稍稍回暖大地。

十二月的一夜
我因等你,死去。

单调的大地之歌
——献给雷蒙·莫里诺

大地的双手
缺少惊喜。

给这双手一个男人
盖房和睡觉。

给这双手一个女人
兴旺和堕落。

给这双手一棵树。
给这双手一片海。

一个明亮的清晨，
失望的双手淹没了大地。

我的歌之色彩

我唱起一支歌，

枝丫知晓

石头已忘。

人会惊诧于它么?

红的曾经是血,

绿的过去是水,

老乞丐,请对我哼唱

我的歌之歌词。

为一位死去的王后而歌

名录中美丽的王后

令宝石城堡开花

佩刀穿水的爵爷

一直爱慕着她。

一分钟,一个微笑,

一滴永恒之泪。

死去的美丽王后

毁灭了青铜城堡

褐脸爵爷在那儿悲叹

他的哀伤钉在了墙上。

一分钟，一声叹息，
一滴永恒之泪。

为一位死去的女丐而歌

岩洞深处，
有个女人发现了她的笑，
但是没有面饼。
她没有足够的笑
买来面饼。
没有足够的笑
偷来面饼。
也没有足够的笑
让她逃跑。

岩洞深处，
女孩儿们的笑声回荡。
可要扶起一个倒地的女人
还不够响亮。

要唤醒一个安身无地的女友
还不够响亮。
要复活一个死去的女人
还不够响亮。

天堂的双象之歌

从前啊，从前，
有两头不眠不休的象。

它们不时忽闪的大眼
让世界和岁月恐慌。

人们决定要关起大象。
却没人赶得动它们。

从前啊，从前，
有两头纹丝不动的象。

它们总盯着同一个点，
每次，似乎，更远。

没有鞭子能让它们分心，
它们也不觉得伤口疼痛。

从前啊，从前，
有两头不会死去的象。

人们徒劳地向上射击它们，
可它们不管不顾，仍坚守上方。

人们想在夜里烧死它们，
可火一碰到它们，就熄。

于是又想淹死它们，
可在它们面前，大海下跪。

从前啊，从前，
有两头无人命名的象。

它们活着上千条秘密的生命，
可里面没啥能打断它们的目光。

它们的长鼻子总是垂着，

在思考中嗅闻大地。

从前啊,从前,
有两头人所不爱的象。

为燕子归来而歌

若我抓住你的双臂
将它一切为四
你就会有同样多的手臂
就像你是四位

国王
和四位
王后
四种欢愉
和四种
艰辛

若我抓住你的嘴
将它一切为四

你就会有同样多的嘴

就像你是四泓

湖泊

和四轮

明月

四座花园

和四颗

李子。

若我抓住你的心

将它一切为四

你就会有同样多的心

就像你打破四只

蜂巢

和四支

环舞

四只水罐

和四个

世界。

为你紧闭的眼睑而歌

那食人妖,好胃口,吃得四周精光光。入夜了。世界被啃得没了形状。快点儿吧,闭上眼。食人妖不吃睡着的人。

为我故乡一头死去的驴子而歌

有一头驴子,没爹没娘,叫得没完没了。有一个车夫,揍它踹它,还啐它唾沫。有一条路,被奶牛群反复咀嚼,又有一个洞,那就是地狱。还有一棵树,那头驴子四脚朝天躺在下面。

为灰烬的三个音符而歌

他们说我的胸是一只号,于是往我嘴里吹气。
他们说我的胸是一面鼓,于是把我往死里踩。
既非鼓亦非号。
他们说我是那首能让世界转动的歌,于是把我卖给了风。

为一位秘密的恋人而歌

叶子里有个

巧笑的女人，

小得可以做成

房上的片瓦。

她的串串笑声

粉红得

能覆盖所有房顶。

痛苦中我能把她

钉得像一片天空，

献给血，献给风，

献给树影

或树的翅膀。

可爱情让我惊诧，

在我的深仇大恨之夜

把一只死鸟捧在怀中。

寻到何处我才会忘却自我？

大地的中心

有个女人，

被奥秘啃得体无完肤，

让人觉得她像一只烂果。

男人们践踏她，

只为夺走她的梦；
她唇边流出的温润汁液
被大地一口喝净。
我会让一只烂果
在它夭折般哭喊的
蒙难季节远航么？
音乐的边缘
有个女人，
像雏菊泛着金色的光晕
与月光交融。
醒来时——我心仍清朗么？——
千只手指为寻开心
已将花瓣薅净。
而我期待着她的讯息，
像期待生命中最美好的日子。
可什么都没来。没人知道我醉心于
在沮丧的鸟儿栖息的
湖中凝望自己。
黑夜怎样追随
我秘密豢养的恶？
它把我像个囚徒般出卖，
双拳被失望捆缚，
从此我泪流不断。

夜吞噬那些衰败的孤独者。
布满石砾的夜路上
有个女人
她从不愿说出自己的名字，
却倚在我的肩头
谈着未来。
我不知道她的模样。
只记得从她唇上
飞出那么多在风中
蠕动的古怪虫子
像干瘪的谷粒。
有个在我肩头
笑着的女人，
而我像一棵被鸟儿
占据的树。
我再不知何去何从。
花季就此耗尽。

神奇女郎之歌
——献给安琪拉·罗西和加斯东·罗西

身着白色斗篷的月亮呼唤马车；可怜的马已因等待月亮而死。
醉心于相互追逐的星星，拄着火的拐杖，星光漫天。
我发现的所有词语都有个神奇的源头。
坟墓打开了，有个欢情女郎正声嘶力竭地歌唱。
她一手握笔，一手擎风——为了我歌中所有的词语。

为一片应许之地而歌

　　他说月亮是一顶沙之帽，于是便踩踏月亮。疯子们竟大发雷霆。他说星星们是盐之峰，于是往食物里撒了两次盐。疯子们是魔法师。我找到了在你秀发中沉睡的这首歌。我再也见不到你忘了我的地方。他还说他要用我们的手做成一条披巾，可他在说谎。

三头红象之歌
——献给皮埃尔·西格尔①

一家书店门前
三头红象在笑。

三头象，那条街，
一颗珍珠，那副犁。

进来吧，疯子和医生，
我们特赦杀人犯。

三头象，三种步态，
并排走向崩溃。

玻璃眼珠的荡妇，
三十万盏路灯。

进来吧，强奸犯和圣徒，
我们祝福杀人犯。

---

① 皮埃尔·西格尔（Pierre Seghers，1906—1987），法国诗人、诗歌编辑，第二次世界大战期间曾参加抵抗运动。

我们家的楼下
三头红象在哭。

三头象，那条路，
还有位裸女，漂亮。

进来吧，老导演。
三头俊逸淫邪的象。

三头夜之象
一颗温柔心及其厌倦。

进来吧，灰烬木匠，
我有转售的木材。

他为石头和头发
准备好一场大火。

进来吧，穷人和君王，
投石兵和弓弩手。

占卜女，流着汗，
在风中，也在牌箱里。

蜜汁与狂欢之夜,
为土地也为烛光。

进来吧,好仙女和野兽,
食人妖,各位失音的林神。

一只孤独的蜜蜂点燃
饰满羽毛的夏日。

长凳上,三头象,
一只鹰,还有那白色的早上。

为七条鱼的女王而歌

清澈的水中,七条鱼
需要一位女王。这
七条鱼,来自七片海洋。

金鱼说,我要一位
戴冠的女王。

红鱼说，我要一位
持刀的女王。

绿鱼说，我要一位
喷水的女王。

吹号吧，路之利刃，
世界让你恐惧。

七条鱼，七位女王
在争夺海洋。

白鱼说，我要一位
宽衣的女王。

黄鱼说，我要一位
燃烧的女王。

蓝鱼说，我要一位
蒸发的女王。

咆哮吧，幽灵海妖，

"数"早把你们算得清爽。

冰冷的水中,七条鱼
推选它们的女王。这
七条鱼,来自七座海港。

"而我,"困苦之鱼说,
"我只想做自己的女王。"

为苏丹的宠姬而歌

天上的七位女王
都在哭泣,害怕
被咬、被烧。
最冷酷的是星星
那了不起的夜的女儿们
和她们短剑般的目光。
行乞的女王们,
谄媚的女王们,
已灿烂的曙光
早知终结者为谁,

却不知何去何从。
山峦的青天下
我未曾认出你，
你的秀发晕眩了肩膀，
而你的裸臂勾勒出你的形象，
疯狂苍鹰那高傲的女舞者
从未比梦想更遥远，
她在空间构筑着
我的爱的流动场所。
那盲目之风中的女舞者
唯有她以不可抗拒的呼唤
和优雅做作的亲吻
上千次把我丢弃。
你所有的行为都是奇迹。
沙漠拒绝水的渴望。
在你野水藻的斗篷下，
在巉岩的巨大空洞里，
我未曾认出你。
太阳在我抬起的指尖上
像一块兴奋的黄色石头。
从海浪到云天，从尘埃
到死前的回光返照，你降生了。
在专偷男人心之女贼的旧笔记中，

峻厉的晶莹之泉,
我从未猜疑你。
这就是世界。它听凭你摆布。
而你去了,点燃它的颈项,
从它肉感的唇上剥皮,
每一下都鲜血淋漓。
听不见你。起来吧,景色
像瞳孔上的一幅图像
像一张绝不重样的脸
被不安的夜揭示。
而你以舞蹈把我留在
这陌生的国度,炎热的季节里,
我曾在那儿的雨之树下畅饮。

为一位修女的花园而歌

说吧,多少笑声,多少玫瑰
藏在一位修女的内衣里。
多少枯萎的玫瑰,
多少痛苦的笑声,
多少被践踏的躯体,

只为那唯一一个并不存在的人。

说吧,多少梦想,多少热望
藏在一位修女的内衣里。
多少遭逐的梦想,
多少燃尽的热望,
多少破碎的心,
只为那唯一一个并不存在的人。

可是,在她闪光的托架上,
那是救世主。
那修女,跪着,将他侍奉,
颤抖得像片树叶,
苍白得一如苦痛。

说吧,多少水,多少星
藏在一位未婚妻的内衣里。
多少重新发现的河,
多少彩旗飘摇的小舟,
多少迷人的河岸,
只为那即将诞生的一天。

爱的骑士带走了她,

当修道院沉重的大门
向着岁月再次关闭;

而祈祷中的修女们
再不是铁石心肠。

为两种笑而歌

笑声在水里。你知道它做了什么?它让水开怀大笑。它洗得可仔细了,所以能让那些既没水也没肥皂只有虱子在头发里的倒霉的笑丢脸。这笑是全白的。你可能会说那是一只被驯服的螃蟹。它动了动它的头——我想这意思是"你好"。它拨了拨它的手——我想这是在说"回见"。它试图让我闭上眼睛,因为它害羞。别指望我会对这笑生气。从前有一次它差点儿把自己淹死。

为一幅懒鬼的家居写照而作的短歌

懒鬼给自己拽来大海的全部波浪。"让我睡吧,"他央求道,"让我暖暖和和睡在我的白床单和蓝被子里吧。"可你们信么?太阳是他的同谋。

为一种时下的哲学而歌

三只情同手足的鹅
在天堂里寻觅墓穴。

"我累,"第一只说。
"我累,"第二只说。

三只肥而丑的鹅
在草地上耍弄世界。

"我累,"第三只说。

坐在自己的蛋上,
三只鹅防着一头牛。

"我要独自去看好上帝,"
第一只说。
"我要扮成天使逗他开心,"
第二只说。

两只赞叹不已的鹅
猝然倒下。

"我要像它们那样做,"第三只说,
"到了末日我都要诅咒。"

为此地的三个疯女和三个疯男而歌

三个身着青草的疯女
三个梳着月亮的疯男;
一只长着鹿头的海豹
三个要被丢弃的阴天。

三个多雨的棕红色日子:
一只正在开屏的孔雀。
按响褐色大门的门铃吧
三个要被放弃的不眠之夜

期待着,期待着
曙光露出美丽的牙齿。

三个疯女和三个疯男
身着青草,披着月亮;

三个没有你们的漫长白昼
还有上千座褐色的大门。

为三个糖人洋娃娃而歌

三个糖人洋娃娃
和一位糖果商人。
三个华丽洋娃娃
和她们温柔的心。

一座纸牌城堡
和三个老色鬼。
三位娇小的夫人
和她们可怜的泪。

三串玉石项链
和一头卷发。
三个胖姑娘
和她们沉重的发辫。

三个天使洋娃娃

和开满鲜花的大地。
从谷仓的大火里
走来亘古不变的光阴。

为四月一日的花窗而作的短歌

姑娘们在窗前笑着，笑声令草坪窘迫，使树角变圆，让山峰敞开胸怀。姑娘们在窗前唱着，歌声给黑夜文身，为大海擦粉，让蚂蚁欢腾。姑娘们在窗前哭着，将雨湮没……

为一个拂晓的花环而歌

一道浓浓的阴影
从眼前飘过，
这还是夜么？
一腔浓浓的热血
为手，为腿。
一棵树突然出现。
你的脸照亮我，

这总是夜么?

你的声音引导着

一群声音

走向大地,

在那儿,你的果实

为第一个饥饿的男人开启。

窄门之歌

我们因恐惧而进入。

我们拍打仆役进出的门。

这是夏季,路上的大船吞吐着星星。

到处肮脏。

女人们遍身血渍:

那是她们的裙子。

男人们浑身赤裸:

那是他们的制服,

乱糟糟,倒地,瘦如绳索。

我们冷

而城市在燃烧

还有树

在扇旺世界的火。

我们饿

而面饼狂喘着飞跑,

谁也不知面饼向哪儿逃!

我们渴

而水是大理石做的。

一天早上,

我们一同醒来,

籍籍无名,丑陋

有如虫豸。

最后的犹太孩子之歌
——献给埃迪丝·科恩

我父亲吊在星星上,

我母亲顺河流淌,

母亲闪光

父亲黯然无光,

在背弃我的夜晚,

在摧毁我的白天。

石头很轻。

面饼似鸟,

我凝视它飞翔。

血涌上我的脸颊。

我的牙寻找一张不太空的嘴

在地里或水中,

在火里。

世界通红。

所有铁栅皆为矛。

战死的骑兵总在

我的梦里、我的眼前疾驰。

废园饱受摧残的躯体上

绽放出一枝玫瑰,绽放出一只

我再也攥不住的玫瑰之手。

死亡的骑兵掳走了我。

我生来就为爱他们。

暴戾的小姑娘之歌

那戴着小丑帽子的

小姑娘

她是谁?我不认识——

她笑着，把双手插进

沉睡者的眼睛。

梦想爱的年龄，

竟已如此暴戾。

她是谁？我不认识——

她也不认识我，

因为我的双眼，钟情于它们自己，

正吞噬着夜。

三个坐着的小老妇之歌

三个小老妇

在她们的客厅里

围坐着守夜。

她们的灵魂感到寒冷

而时不时有一滴泪

点燃她们的下颏。

过去她们曾爱过

同一位国王

国王不知道在她们当中

如何选择。

国王对第一个说：
"你将是朕的王后。"
对第二个，国王发誓
一辈子只爱她一个。
对第三个，国王允诺
为她而死，于是就自尽了。

小老妇们
自有回忆
帮她们扛起十字架。
她们相互打量，微笑，
很高兴重聚；
不让自己
谈论未来，
三个人一起坐着
在时光里，就像国王
为她们安排的那样。

为阵亡士兵执着的手而作的短歌

陈亡士兵的手仍紧抱着树,食指扣着步枪的扳机。漫天星辰,他准备对它们下手。喂,士兵,你为我们摆了一桌天空的盛筵。正值夏日时光。恋人们有了最美妙的屋顶。喂,士兵,你睡了;可谁看见了你?

为幸福少女的脸而歌

少女把头靠在春天毛茸茸的胸脯上。她的头发因而香喷喷的;她的手指编结着我们梦中纤弱的茎。还有谁未被呼唤?这一天被禁了。为了她,糖变成了沿着枝条流淌的液体,而圆圆的太阳像一只球。

为一位内心遭受磨难的修女而歌

人们曾禁止把花带进修道院。对一株玫瑰却无能为力。有位修女暗中栽培玫瑰。可在哪儿?怎么种?当人们撕开她的袍子,发现安娜嬷嬷浑身是血。人们摘去她胸上的花瓣。她赤裸着祈祷,她的唇如死一般。而她交叉的双手如两只鸽子。"嬷嬷,我的安娜嬷嬷,你看没看见发生了什么?""我看见了,"大地回答,"我看见一株玫瑰蹿上了房顶。"因为——你们猜不到么？——为了遏止丑闻，人们早已埋葬了那穿着便鞋的罪女。

黑森林的树木之歌

黑森林里
被绞死的人在树上纵声大笑，
士兵们在那儿放哨，
一场大火蓦然延烧。
可，是谁点着了火把？
可，是谁把火引上树梢？
士兵们惊慌失措，
过去还觉得这差事不错——
扯开嗓子大声呼救，
试图逃离自己的武器。
转眼间森林红遍，
吊死鬼笑声依旧，
却绝不燃烧。

哀伤之歌

当六匹开膛的马
终于抵达！绿洲，
在分裂的世界里，
再没有一个男人浇灌欢乐。

当六匹开膛的马
终于抵达！绿洲，
从那年起——谁信？——
再没有哪天不带走一个男人。

当六匹开膛的马
终于抵达！绿洲，
被遗弃的井畔旁，
再没有一棵棕榈树摇曳欢笑。

当六匹开膛的马
终于抵达！绿洲，
再没有一条虫子爬过
一小根有生命的草茎。

水 底

(*1946*)

我在谈你

没谈我猎兔犬般足迹的

暗影之灯

金鞋跟里的风

井栏里的风

里里外外的风

人再不能心灵相通

我在谈你

一群人回应

无声无泣的蚁群

然而

沉默死般杀戮

沉默独掌出生

我在谈你

而你不存在，你从不存在

你回答我的问题

蜘蛛撞上怪兽的喘息

撞上赶工的裙衫针脚

公牛纵火斗牛场

国王在此向他的王国求乞

悲伤的基座溅满血滴

最高的,那可不是你
你眸中所有丝线
与太阳缠在一起
世界在脱皮
而人脸向着中心号叫
只剩你,像戴着玉镯的尘埃之柱
像树根被啃的鸢尾花的红色丝带
像正给你穿戴的陌生岛屿的头巾

我在谈你
谈草地上你前挺的乳房
谈你沉睡之乳中清澈的水
和被水流淹没的堤岸

我谈
谈你神秘双眸中那面镜子
谈所有那些绝望的哨兵
谈芬芳山坡上每一道盘旋
谈街上空荡荡人潮沉陷

我谈那些素不相识的人
谈那些除了词语永不会相识的人

对你，那都是些毁容的玩偶

此处无人
只有夭折之梦的白鹭
挣脱常春藤的蝴蝶

无人
只有双翅捶打的铜器

无人
只有金属刑罚的寒霜

无人
只有鬼魂隐匿的帝国
为蟾蜍备下的唾液之伞

无人
只有被囚的黑夜
哀鸣不已且咳出狼群

无人
而你肯定会缓缓现身
像披着羊毛之发的山岩

像长出羽毛之喙的鸟儿
而大海为你清洗

无人
我为你咸味的皮肤而谈
为夜中之夜
你棕色皮肤的酣眠而谈
为你文身不息的皮肤而谈

无人
只有切肉板陶醉于
海浪卷走的性冷，
鲁莽之水颈背相接
在死亡中航行。

无人
只有你路上偶遇的女人
你对她冷漠地打个招呼

我谈
贴在窗前的
串串碧眼
被风劫掠的

尘埃丘陵

四寂
无人
只有一个名字
一个因你需要而给你的
葡萄树或熔岩的名字

只有
世界之上
若干字母点燃的新月

我们胼胝的双手上有血
鸥鹑的肩头上有血
春天的圆脸颊上有血
只有
我们紧闭的双唇上血的和谐

我在天鹅出没的
房间走廊里
无缘无故地谈
在殿堂疲惫的露台上
直立着面对时间

骑兵胸佩古老徽章的碎片
骑上你们响亮火药的坐骑
心还在，它坚实地跳动在
走近的爱人身上
低洼地区的骑兵们
跃马撕裂长空

只有
暴风雨播种犁沟的白昼

只有
封存之阴影上白昼的诱惑

只有
你稻草蛇般的微笑
只有你借自丝绒城邦的名字

在远方瀑布的
低语声中
随着中蛊的百合
和脏羊毛之鱼的
急切召唤

只有

繁殖猎犬群的水源

只有

一粒水晶种子上

跌落的火苗

铁玫瑰在耗尽的

谵妄中坐立不安

在我们之后在你之后

天窗在于人们彼此是否相知

赤裸的手有待考验

伸出，似为了屈服

风景并无廉耻

我谈

为惶恐的早熟樱桃而谈

为海难尽头的香芹泊位而谈

为舞女裂成两半的铅封形象而谈

我谈

为躯体中沉重的枝干外缘而谈

哦，我爱你

痴呆之泉的爱女

喷溅之水的姊妹

干渴在我血脉中畅游

因不断追踪你而残忍

苦役犯忠实的渴望

我为石额上的溪流而谈

为火山口为山间寒风而谈

为我对孔雀服饰的艳羡而谈

爱人，我为不再失去你而谈

我为满目旌旗的高原而谈

为长着丛林之鼻的小湾而谈

为所有贝壳和小舟之沙而谈

爱人，我为不再失去你而谈

我为雨的犬蔷薇而谈

为红柳的避雷针而谈

为战败的流亡者之泪而谈

爱人，我为不再失去你而谈

我为蜂群的眺望台而谈

为山鹰拥挤的巢穴而谈
为灰色的受缚台布而谈
爱人，我为不再失去你而谈

爱人，为不再离开你
我谈我谈我为飞蝇而谈
为松树皮为水藻石板而谈
爱人，我为海中的风而谈

爱人，我为鼻孔里的盐而谈
为番茄为占星家多纤维的泥浆而谈
爱人，我为披巾的快乐风标为一页白纸而谈
为动作的连续为了什么都不为而谈

只为
让你散心

只为
让你高兴

只为把你牢牢钉在
我的身边

只为填充你的回忆

因为阴影从大地升起

因为天空自我绝望

因为我的心我的爱

因为我的双臂因为我的唇

只为

一次

只为

一秒

因为轻风

将你环绕

因为鲜血

让你兴奋

因为时光

催你快跑

哦，耐心的人儿你等等

白昼在我们指尖太阳在咬

因为我的爱
因为我的爱而盲从的丝线
今夜将被抛向世界

我街区的三个姑娘

(*1947—1948*)

在植物的四层阶梯
在毒蛇的蓝色三极
在厌倦的巨大双桅
在黑夜的唯一暗点
期待不可能的期待

我街区的三个姑娘把她们的未婚夫丢给了苦难；三声大笑，三颗任性的星星。再无大地之心的消息。我街区的三个姑娘改了名；她们的额头在夜里燃烧。三个消防员、三个潜水者、三个发狂的情人寻找他们的未婚妻。鱼和鸟儿为此万分感动，因为爱无处不在。三头牛、三块砾石、三个窟窿堵塞了道路。有人拍打着熟悉的街门。

*

半神的白鼬，受邀公主的双腿在此昏厥。那是让人撕心裂肺的哭喊，那是你的心也是我的纹章。一艘百年的双桅货船！镜子厚待钟楼，在那儿，迷失的你因裙袍而重生。这世纪也有它自己黏土的山脊。我找寻你，我留住你。所有徽章上都有你的头像。大洋吐出沉船。

*

笑声在烟雾缭绕的大厅震响。一些陌生的头，双眼紧闭，独自游逛。只有嘴，那响亮的喇叭口，在充当向导。没有词语；从前，喉咙里，只有被吞没之世界的涡流和编结出的思乡之面纱：

  你将把幽灵珊瑚的指环
  给你的爱人。

  我将把雄鹰羽毛的项链

给我的爱人。

你将把野性的波浪之裙
给你的爱人。

却拒绝给爱人
从太阳处夺来的短刃。

笑声始终保持警惕。一旦被发现,每处创伤都光芒四射;比不可见时更甚。

*

那三个热爱白昼的舞男向他们四周发散着音符,像种子,像鸟儿窥伺的面饼屑。而爱着其中一位的姑娘,再没有路也没有梦好去践踏,只有自己的痛苦。那三个热爱黑夜的舞女在世上一同解开了她们默契的发辫。所有梳子都有待聆听。我永远也不会知道我失去的远不止一个。

*

恋上一位陌生女郎,不过是让她惊诧。与太阳伞同寝。死亡,这是月亮,不是别的,无非是一支熄灭的火把,是活生生点燃的最后一息。但我们从未如此近地相识,尽管我们不能相互沟通。我们从未这么乐意消失。幽灵，你们的名字，刻在神话的石头上，嗡嗡作响，受惩戒的蜂巢。我们俩在计点失败。那陌生女郎头戴水藻，随后也化作沙砾。

*

斜坡上，我能为那棵断根的树保持良好状态。而这更近乎奇迹：某种持续不断的降生。我再不知时光何在。难道我没有为每一树根标注起点、倍增天空么？晚上，土地被好奇心托起，为了让山峰更安逸，让星星再不觉孤独；为了让你也拥有一双幸福的臂膀。

*

笑是路上左右为难的少妇。死更敏捷。你点燃了从眼睑中拔出的风景：我们的相遇之地。历史受到拖累。当世界变红，牙齿就有了异样的光芒；斑鸠却在那儿探头探脑。和你在一起，一切都简单、审慎。一根细丝把宇宙拴上你的手腕。一切都庄严，得救，现出伤痕。

*

那朵玫瑰被最爱幻想的女生采下后，她时光里的对头就只剩下了我那盏吹灭的灯。一只不安分的手打乱了期待中的形式那质朴的场景。因为大地还几乎没有意识。而我现身，惊讶不已。有一次，我给清晨卸妆，而谁都没离开自己的床。

*

　　清晨已准备好陷入最阴郁的沉睡。谁也不曾料到会碎化到如此地步。泥土粉碎泥土，被上千年莫名的怒火带走，没有脸的疯狂，但大海有所提防。盛怒中——我们曾如此绝望地相信过恶毒的言语么？一只小舟掠过，端坐着一对恋人。可这一次，我依旧没吐露他们的名字，怕落下致命的不谨言慎行的毛病。

*

　　全神贯注！这次不仅仅是个女人，而是长着湿地翅膀的上千只鸟儿，只为钉牢春天、风中树和散乱的发缕。她的凝视中，有我最初看到你的那一刻。尤其有你的唇，黑夜为它而停止扼杀世界。借所有暴风雨，向指尖表示顺从。我从未给过她一个形象；但当我出现，她便回应。

*

　　在砾石双眼中行走的那个少女，拒绝把束腰送给树，以免创下先例。所有树枝都是吝啬鬼。果实在击落的鸟儿四周淌血。从月亮上，人们能点燃冷漠舔舐我们的舌头。人们可以美化自己的骨灰，亦可将其抛向风中。我并非要报复月亮。在海里，我拣选它的清辉。在别处，我向女巫的行列高举阴影。

*

庭院里，当你抢救塑像时，有位少女濒临死亡。应该向喷泉伸出援手，像施舍乞丐一样。你可以在眼睫的门槛驻步并挡住瞳孔的路。背囊中的意象因未能发表而百般痛楚。只须街上转身，便足以受其萦绕。只须门开一扇，便足以一飞冲天。但青草正缓缓蔓及白昼。其上，新的星辰阡陌纵横。

*

急于保护湖泊亲手为她重新戴上的指环，那溺水女人为了我爱她的那个水晶般的片刻，躲开了水。所有在场皆系事先策划。相似之处是窗前悬挂的苦果之镜中发现的物体，似乎有必要在清晨临近时重复其名才能听到。那戴着魔戒的溺水女人，她以爬行毁灭了世界令人惊奇的形象。我有幸成了她的情郎。

*

为了那支玫瑰，芭蕾舞团摘下了G音保存在月亮上的琴弓。我们正在宝石的十字街头，你在那儿绽放。一个驼子纠缠你。他的披风上绣有你的纹章，昏昏欲睡的公主把唇贴在我的唇上，像一只贞洁的小鸟。你半途折返。同一扇敞开的门上，哪一处创伤吸引了好奇者的目光？头一次，夜晚如一滴黑色的泪珠。你掩面啜吮劲风吹落树叶的虚空。吊死鬼拿走上吊绳。你避开荆棘。

*

只须将一尊雕像饰以飞鸟，便足以认为石头已获转世。只须有一只乳房滚进水井，便足以令所有水呈现阴性。夜在懊悔中死去。总有一只眼窥视鱼儿。为什么大地须在一张银网中旋转？最后那个渔夫未留半句遗言便即消失。只须眼皮上有点血渍，便足以唤醒谋杀。只须举起一只手，便足以增加影子。再没有理由浇灌草坪。水起飞，救援天空。每条脖颈都依赖于一朵白云。只须一把梯子，便足以让爱人脸红。

*

那是我苍白如石灰般的痛苦。你很耐心，伸展于采集的叶子上。应当像风。你飞翔。你歌唱。我为你的每一枝条爱你。

那是我们狂热指尖上的一丝微笑。裁剪自黑夜的一片奇特的剪影：为我们，它发现了世界。但只有你看得见。

我相信你，我影响你，我顺从你。一堵墙连接起你我。你从未有过同样的脸。

*

  冷静！若你愿大理石祝圣你为女王，便应以你圆睁的双眼沉入太阳，固定时光。这是你的双睫，在为你的脸减轻每日的重负；这是一块丝绸，犹如失落的地平线；而将屹立于大地的，是你这尊雕像。但你是聋子。大海阴沉，像你一样，掀起滔天巨浪。你的秀发，你的秀发，你的秀发是一匹口鼻喷沫的烈马。只须一块礁石，便足以让你臣服。只须一粒石子，便足以让水井晕眩。你的内衣是鸟儿和月亮的牢狱。你能在大洋脚下割草，花儿将永远目盲。

*

  你愿你的手指戴上光的指环。你曾愿指环皆为手。夜，巨蚝。你头发红棕色的反光，是一根线。你在一个怪物身上行走，你经过时，它的脖子肿胀。我们不能用珍珠或大洋折磨土地。须以所有世纪让你成为现实。泡沫碎了，似你的影子。它揭示出的不再是你，不再是别人，也不再是我。世界被窃。

*

  哪颗星在圣殿的石柱间深感惬意？它想要我们的手心。一个女人在欲望中旋转。大地羡慕她。我不知我的活结要到何时才能让你畏惧，但你的羽翼已超越猜忌。最残忍的是我痛恨的那个女人，她躺在我们血迹斑斑的旗杆顶端：将自己的疯狂禀告虚无。最美丽的是午夜里谋杀我的那个女人；它的痛苦也是我的痛苦。我们现在对影成三，一同去欺瞒清晨。

*

丘陵的脚踝有细微的伤口，从那儿，你能看见大地之血汩汩流淌。每株植物便是一道伤口。唯有痛苦，爱人；但你被撕裂的胸，你悬于树上的胸，让我们更受不了。我们的手在祭物上考问自己，它们是水或匕首的姊妹。丘陵试图向星辰求助。我们抬起的双眼与之相像。

墨之声

(*1949*)

沉睡的客栈

一

带着从天使那儿
窃来的短剑
我构筑我的家园

四壁上有你秀发的颜色
幽明中有你裙裾的竖褶
紧锁的光束四周有你共享话语的诺言
你的姊妹们未婚的母亲们被饥饿蒙住双眼
你的姊妹们五种感觉从你降生之月起的五个月

带着从天使那儿
窃来的短剑
我构筑我的家园

迢远的西藏你无人可及,你完好无损地重获
　　　你葱郁而美丽的灵魂
它逃离了甘草丛中的教堂,在那儿,哲人们
　　　索然无味地对之舔舐
你以易折的厌倦之笔照亮黑夜

你把死亡添进爱情，把对玫瑰的渴望

并入往昔恐怖的大地，把蜘蛛许配烦不胜烦的喜鹊

带着从天使那儿

窃来的短剑

我构筑我的家园

疆域无限的鸟儿摒弃了穹苍

在你肩头它吟唱岁月的绝望

大海给自己每一巢穴的焰火定罪

烈酒级大钟有着苍老无眠的钟面

在所有唯一真实的时间里羁留下你的时辰

你瞳仁四周的白是永恒不变的礼拜天

带着从天使那儿

窃来的短剑

我构筑我的家园

露珠鱼叉奇幻地潜入水底

那儿，果实喷出郁积之怒火的泡沫

那儿，首饰盒微渗出忧郁之花园的汁液

芬芳的地平线刺入渎神的荆棘

而当石膏判官们宣读着判词

罪恶长笛的红宝石嵌入他们的指甲

带着从天使那儿
窃来的短剑
我构筑我的家园

绝对的喜马拉雅山脉耗尽了皲裂的晨墨
一波虚空之精灵的浪头沿泡沫之圣诞马槽拍击
一针针，刺透一本本书沉没的鱼塘
你渴望被爱，以你美人鱼的逻辑，
以你被征服之猎物的元气
活水猎手们盯着你　惶惑不安的他们
收回了阴影之网
你在他们身后，在抬起他们脚步的梦里
从沙上的足迹打量他们多么有恃无恐的傲气

带着从天使那儿
窃来的短剑
我构筑我的家园
那儿，勇武和倦怠，那儿，指爪和爱抚，不过是
形式之恶，不过是浪峰上该死的垂头丧气
鹰隼们被惊扰的休憩那唯一且同样的神色悬停于
时光的记忆

啊，在海绵的纵饮狂欢中给谎言腾个地方
给雪下那个再不让人听闻的人腾个地方
他那几束流亡的微光之核的灰烬婚礼的严冬
被占星家和先知认作永存之明亮发辫的赤褐星体

带着从天使那儿
窃来的短剑
我构筑我的家园
以潟湖的纱雾
和丝柏的珍珠
以石头的鳏孤
从野兔的第一下跃跳
到我武器的野蛮挥舞
臂膀所居无处

我构筑我的家园
耐心地等着发迹
谁在抱怨惊奇
我们能摧毁城池
一扇面向每处拐角的门
敞向路人的欲望

我构筑我的家园

以风的外衣

它清晨粉红，黄昏灰绿

睡梦中，你重新找回

出生时那透明的街区

以它彩虹铺就的巷子

以它苦涩水晶的广场

在暖房的尽头

我们在此成长

从未见证过

水藻的苍白

或暴风雨的沧桑

带着从天使那儿

窃来的短剑

我构筑我的家园

以苍鸦的刺绣

和蝙蝠的符咒

以海鸥的玻璃拖鞋

鞋跟踏出的每一洼血渍，向从未脱离

自身躯体的人显现出自由的极限

被世风环绕的牢笼

见证着远古野兽的纷争

正是在哭喊中你发现了我

狱卒向疲惫的风唠叨自己的伤痛

高墙之后镜子退位

脸竟善变若此

原来

霹雳藏起了一片林木

此地

受到催眠的修女们期待着

被释放出钟楼

原来

自缢的僧侣们和圣甲虫

逃避着长剑

此地

蚂蚁有蜡制的鼻孔

所有蜡烛长着与遭劫之橱窗

同样的眼睛

我揭开各式惊人面孔的假面

我是梦的壁板,我是我渴念的黑莓

我构筑我的家园

以迷途之犬的酵母

和燃尽之火柴的袍服

熏黑的手指吓得发呆

似乎无意间曾蒙骗死亡
世界的孤独重归其渊薮
多少个世纪被大水撕碎
所有的雕像轰然成尘

我构筑我的家园
在螺钿画笔的回声之上
也在炫目光环的视网膜上

一个笃信神谕的女孩
我之存在盖因她的缘故
她认出业已消失的图符
在大地咀嚼的雨之前额
在敞开的让选民通过的口袋底部
好奇心把他们唾弃

奇迹在于专司喧嘈的燕雀
在于令台钳惊叹的鸟笼手套
音乐自有其圣体饼的树脂圆柱
自有其无辜之白色小径的轻便布鞋

我构筑我的家园
在孩子们采撷的

纺锤樱桃苏醒之上

二

回忆是林间空地上一缕缕丝带
是大地上迎风飘扬的圣诞彩旗

森林自有其奥秘的凹槽
自有舞会上鸥鹆的蜜巢
还有釉光闪烁的布料指环
装点起众多华服的仙女

回忆是一串串泪珠串成的玉坠
是心之坡道一驾驾白色的雪橇

你用我的名字呼唤我
在海难者的衣襟种下无醇面饼的石竹
你用我的欲望呼唤我
以化作尘泥的每一火热的爱抚
以午间对谈时铅色醋栗的皮氅

你用我的狂热呼唤我
以我一次次脉动的胡桃木小提琴

以虚无的一支支火炬之拱门里的蟋蟀

你用我的声音呼唤我
以你之真爱的竖琴那郁金香般的高傲臂章
以炉膛中噼啪爆裂的
爱的枝条发出的第一声薄纱般的哭喊
回忆是沉默之髓的高跷
太阳在芦苇笼中行走世界
孩子们为它指引方向

    *

水、空气、阴影的泥工
我借他宽阔的肩膀将他认出
借他深邃之手的隧道将他认出
那双手透明的地方
有如海面上的光斑

他的瓦刀在我的小径中成熟
在空中如星辰般转动
我入眠时又变作我黑夜的箭簇

雪、羊毛、诱饵的泥工

被号角吹乱的头发偏向一侧

我借他的残酷

借他虱子般狂欢中收割的头皮将他认出

他嘲笑我的恐惧

斯芬克斯的美甲师受他摆布

我借门廊上高炫的桅杆课程将他认出

当你对我实施救援之后

我们将并肩从那里跨过

你将归来，当青蛙和画眉将天空

从你伸展的草地中解救出来的那天

你将带着鸽子的承诺归来

为了重生而欣然接受死亡

我认出了这脸颊上打叉的江湖艺人

你的脸对着我的脸

三

带着从天使那儿

窃来的短剑

我构筑我的家园

以风之泥铲

和深海潜水人的角尺

以捕鸟人的石砖

在大海的蓝色亚质腹地

我构筑我的家园

茨冈女人正在那儿商议

她们为每条屋梁争执不休

我们无处为家

茨冈女人带着行骗的镰刀

你们呵护的睡榻小麦正在落叶

湍流的黑麦潮汐的大麻

卵石的大笑动摇着钟塔

山岩自有其春天的法庭

多情的牧神浇灌自己的作物

壁炉里，公园自有其烟囱的通道

烟囱清扫工并非头一次进出此地

带着从天使那儿

窃来的短剑

我构筑我的家园

茨冈女人操着茴芹袖口的嗓音

你们那些有漏洞的工具之迷宫

厌腻了徒劳地欺瞒民众

不知不觉间令火灾倍增

世界失落了自己的瀑布
失落了拂晓花岗岩的大钟
一个有待全方位奔走的形象
怀揣着大把火焰的硬币
迷宫听凭我们的摆布
顺从的道路前后连贯
人们能衡量生命

茨冈女人
为了鹧鸪的云端跳房子游戏

茨冈女人
为了休息日的黄水仙

茨冈女人
为了汗水之岩浆的热情

茨冈女人
为了畜养恐惧者的招供

茨冈女人

为了四月之章鱼的鞋罩

茨冈女人
为了陌生国度的海港

为了幸运之蝉的价码

我们交换小溪的洄弯

茨冈女人饰满风信子鳞片
紧跟着水井发出的喘息
转头时，腕戴抢来的手镯
手握茅舍除虫者的耙钉

茨冈女人身围绣满狂热纽扣的披巾
佩着凡人之厌倦的波纹绸饰领
你们的脑海里打响了醉醺醺的战役
酒瓶在你们的嗓子里倒个精光

茨冈女人手举神奇的白垩海碗
乌木板前守纪律的学生正在沉思
黑暗孕育出黑暗
黑暗起而反抗黑暗

茨冈女人在棕榈林立的仪式殿堂
在饰满紫水晶的祈祷的楼层
画家放弃作画　　白昼把他逮住
集市如火如荼　　诗人狂喜雀跃

茨冈女人坐上爬满老鼠的三角地毯
必须敬畏只有一个名字之物
必须敬畏只有一种形式之物
历史的洞穴中桌子已经摆好

茨冈女人
身披散发林中雪莲花香的外套

茨冈女人
身穿被揉皱之笑靥的宽松罩衫

茨冈女人
手举遽然亮起令芳唇绽放的灯

茨冈女人
身处被孤独研磨的月亮之寒光

茨冈女人
头戴在爱中被汲干的泉水花环

茨冈女人
手握凌乱果实心中任性的刀剪

茨冈女人
脸贴遗弃的黑夜中银丝的假痣

太阳之地 ①

一个路牌上长着利爪的国度

并非谁都能进入

那儿，石头置身大地惨遭蹂躏的眼皮之外

夜色偷看

清晨　几多渴望果实的瘤结令枝丫

自一丛丛树根

便失去活力

一片国土一座城池在一堵墙的脚下

孩子们在那儿捕风嬉戏

弄爆了风一只只蓝色的大眼

子夜时分

女孩儿们拽起烈酒的裙裾

我的爱一片国土一座城池一个房间

在窗扉的润滑下延展

被向晚降临的石英划定界限

那儿，门闩是一个个梦之钥的锦囊

你在其上写下自己的名字

那儿，水在指间流淌

而灯摇曳扑闪

---

① "太阳之地"（Soleilland）一词为雅贝斯自创，由法文的"太阳"（soleil）和英文的"土地"（land）结合而来。

我的爱一片国土一座城池一个房间一张眠床

宇宙于山猫肉掌的蜘蛛叶底喷出细芽

我们倾听生命令沉默的血脉

偾张

万物以自己的方式

自我猜度并深感安逸

我的爱一片国土一座城池一个房间一张眠床一位死者

万籁俱寂时

循环不已

我从未跟你说过他

我的兄弟我的盟友

只记得

将冰冷的灵魂念珠不停捻动

苦痛在阴影上

燃起大火　鬓角无意中

虹影斑驳

我的爱一片国土一座城池一个房间一张眠床一位死者

一片屋顶

灰姑娘用她的裸足

撩动起河面节日的手链

乐队在花白的发际四周

令金色的狂欢豆荚爆裂

我们杀戮，如同我们歌唱

一个女孩丢掉了她那串爱要不要的浆果

　　还有她诸多焦虑的云雀

　　镜像里的各个季节

　　甩下它们作弊的纸牌

　　我的爱一片国土一座城池一个房间一张眠床一位死者
一片屋顶一条项链

　　过失并不与我们剥下的鱼骨面纱有关

　　亦无涉谷仓里避难的珍珠

　　那水手自有他拿手的韵脚

　　他的女友卖弄着鱼翅搭扣

　　和一条有夹层的麑皮腰带

　　我的爱一片国土一座城池一个房间一张眠床一位死者
一片屋顶

　　我归还了项链

　　我的爱一片国土一座城池一个房间一张眠床一位死者

　　屋顶已经塌陷

　　我的爱一片国土一座城池一个房间一张眠床

　　死者得以安葬

　　我的爱一片国土一座城池一个房间

　　床铺一片凌乱

　　我的爱一片国土一座城池

　　房间空空如幻

　　我的爱一片国土

城池又在何方

我的爱我们的爱

没有一片国土

大海的焦渴

你不该移动

不该呼吸

你该在我面前

继续踞坐

像树与树影

像天空和大海

在夏日的正午

乖乖的像空气

像沙子

你不该说话

不该微笑

或哭泣

我该猜出你的名字

把你的思绪

译成影像

歌唱你所有的举止

爱你先于

你的生命

你不该总想

懒得理解

也不该试图

起身离去

我驱散条条道路

我淹没座座路牌

在你和万物之间

只有虚空的

空间

和孤独的黑夜

你不该反抗

你会打碎膝上

闪亮的灯

你会丢掉世界

我们再不会知道自己是谁

一天晚上

我想象你

死去

而你从前那双明眸

仍在凝视着我

暗绿的树林中

仍有燃烧的砾石

与狼群一起游荡

你仍有同样无用的

双手

同样焦虑的前额

同样蜷曲的

双腿

而那些散乱的头发

那暴雨般的头发

盘踞在头顶

而我想

她死了

而我愿

我们周边的万物

消失

愿大地平滑

而有礼

像你的手

像映照你手的

镜子

过去也曾照过

同样的

一对

你的双眼

你的双耳

你的双腿

而我想

她将因我的生命而生

我会一点点地

把世界给你

而我想

她会爱我

会与虫子

鸱鹗

月亮一道爱我

一天晚上

被你照亮的这个晚上

我曾想要你

我想要你

没有愿望

没有目的

没有梦想地要你

你不该笑

你不该平生头一遭

还学着

要笑

你死了

当晨曦熄灭

灯盏

你将随我的信号起身

你将行走于你的影子

不知道

脚步将把你带往何方

你将走向

始终期待你的

我

走向我为你

创造的一切

走向我带来的水

带来的火

一天晚上

你常来常往的这个晚上

我曾想要你

我想要你

你像世界的第一天

那样冰冷

那时水是大理石做的

火被埋葬

树是白的

世界没有名字

鸟儿在那儿沉入梦乡

而我想

你开始了

而黑夜

即将沉陷

它将在你脚下

变得很小

好让你踩踏

而我想

你便是世界

你将蓦然

现身

即刻并同时抓住

一切

听觉视觉

触觉

连同大海靠近时

早已打湿的

它们的网

而我想

你会立刻脱掉长裙

为了在你之中

赤裸地燃烧

蜜蜂在你的乳端

嗡嗡作响

青草为你的颈项

变作粉红

鲜血凝结在

你的唇边

所有死者和生者的

血

急着腐烂

会有的

大地为它们而在

直至肺腑深处

大地为它们而在

直至最后的湖畔

直至最后的黑岩

黑夜索求它们

为了它们，黑夜

在自己行经之处

播撒星星

为了它们为了它们在夜之荒丘的

须发下在猛禽的阴影中

寻到她的芳踪

而我想

在夜的心中

你于我

很美

我想你将美得

久长

像时辰

跳动在太阳里

如神奇的脉动

像沙漠里的雨

像树为了果实

伸出的手上的

雨

而沙的呜咽

只是为了水

为了水的抚慰

水的微笑

从掬水的掌心

捧出畅饮的讯息

而我想

你将在世界苏醒时

第一个宣告

我的名字

用我的手臂或腿

去混同道路

为一个十字路口

你将抓起我的头

并在醉心于世界的

我的身上行走

而为了你的脚步

我早已

以泥土白雪或海洋

为躯

吞下路上所有可能

弄伤你的砾石

一天晚上

这天晚上

我曾想要你

我想要你

要那个留下的女人

要那个摆脱了大地

有了自己名字的女人

时光之外

我的妻将永远

轻轻掠过白昼

和黑夜

每日里的潜水者

被吞没的潜水者

对让鱼和云脸红的

血

无动于衷

对英雄和无赖血淋淋的手
感到陌生
一天晚上
这天晚上
我曾想要你
我想要你
这世上唯一的你
我窥探
我的爱的第一声召唤
倚着爱
像倚着熟睡的孩子
它因轻风的背叛
而看不清
你凝视着我
你期待着你的生命
你知道
你的时辰即将敲响
你将即刻起身
直至永远
人们将听从你
因为你以种子
和光
慷慨献出爱情

你知道

男人们在空荡荡的家里

疲惫不堪

再没有心

再没有话

再没有泪

再没有拳头

往墙上捶打

只有他们的空虚

像胸口张开的洞

像汲取苦涩之水时

吱嘎作响的水井

他们将在自己的废墟中

即刻无脸

而死

而他们震耳的怨恨

点燃了夜空

一天晚上

这天晚上

我曾想要你

我想要你

希望

如清澈之水上的绿叶

像鲜亮清晨的蓝色发辫

而你会像个疯女在你前面奔跑

跑在我的身上

也跑在世上

伴着风

和风扬的沙尘

吼着你的名字

我的名字

沿着奉献的唇

沿着被爱染成金黄的唇

在黎明之前

为一个男人

为一位情人那露水的

马屁精、星星贩子

的焦渴和爱

在大地的哭喊中

谦卑着

像一头临产的母兽

心碎神伤

拱顶石
(*1949*)

孤独的哨壁

　　第一个声音

你的孤独是一座诡计与琴弓的花园
你的孤独是一幢灰烬与宝剑的钟楼
你的孤独是一条新雕像剪下的发辫
你的孤独是一只飞向车站大钟的眼
你的孤独是一面游蛇和乌鸦的旗帜
你的孤独是一张面对一级级蹬梯的孩子的脸

　　第二个声音

蜡烛炫目的蛋形光晕里
有我的孤独

房子的碎砖块里
有我的孤独

圆珠左右为难的三角形里
有我的孤独

河流和四季的谵妄里

有我的孤独

  第一个声音

你的孤独

是一匹铅马

你的孤独

是一座苹果酒教堂

你的孤独

是一段孔雀的生涯

我们将喝掉教堂

我们将为生涯褪毛

我们将淹死马

  第二个声音

我们的两种沉默

之间

有大海

有鱼群

我们的欲望

有峭壁

全部的拒绝

有岛屿

平和的放弃

有天空

它是沉睡

而草坪

苏醒

第三个声音

蚁群的黑白图画里

有我的孤独

指爪和湍流的犄角里

有我的孤独

大地和天空的沙漏里

有我的孤独

首个和最末一个男人的希望里

有我的孤独

    第二个声音

我们的两种缺席

之间

有风

有沙

海滩是个溺水者的

剪影

戴着贝壳王冠

海浪在此解放了

话语

还有风和目光

    第一个声音

你的孤独

有一只苍鸦

作为女友

你的孤独

有一位茨冈女人

作为化身

它的披肩是一朵云彩

它的梳子是一场不可能之

赌局的赌金

你的孤独

有多少哭喊

作为尖刀

第二个声音

我们俩之间

有太阳

有砾石

还有树

这些是联系

和我们的财富

有黑夜

有陷阱

还有绝境

这些是我们的狂热

第一个声音

你的孤独

是一份松鼠的字母表

只限在森林使用

你的孤独

是一座劈开的山峰

它的伤口是一帘瀑布

你的孤独

是一张弦乐的唱片

声音是个自缢者

第三个声音

像水手给桅杆那莽撞的名字

移植一个名字

在这个符号中你孤独么

第一个声音

孤独

像那口大钟

孤独
像那只木筏

孤独
像水的皮夹里一枚螺钿硬币

孤独
像不对任何人开放的一颗心

  陌生的声音

那就什么也不听
那就什么也不说
那就再也不颤动
那就再也不享有
那就再也不忍受

  第三个声音

像阴影中的毛虫
编结自己的星星茧

在我的财富中我很孤独

　　　第一个声音

孤独
像废墟屋顶上那只鸽子

孤独
像夏日皱褶里那只蜜蜂

孤独
像一只浮标

　　　陌生的声音

那就什么也不留下
那就什么也不送出
那就什么也不开始
那就什么也不结束
没用

第四个声音

火山口身着暴雨的鹑衣
草茎便是我之孤独的
戟

第五个声音

虹色花瓶的花坛
盖着我之孤独的
浓香瓶塞

第六个声音

作为遗忘的篮子
将我之孤独
清至残渣
那永远是一幅
以其无用的波峰
背叛我们的图像

陌生的声音

孤独如男高音嗓子里的小舌
伴着它,它很孤独

回声

像水
和新芽

像草
和堤岸

孤独
像伴着街道的
铁轨

陌生的声音

孤独如风之精灵里的风标
伴着它,它很孤独

回声

像面具

和头

像婚戒

和手指

孤独

像伴着羽饰的

钉子

第一个声音

张开双手吧

手是门闩

手是念珠

张开,为了前行

张开,为了计点

为了赋形为了相通

手自有其春天

秋季自会叶落

别打碎那双手

它们留住了
白蚁正埋葬的光明

  第三个声音

像蚌壳里的珍珠
在你的爱中，我很孤独

  回声

孤独如一片旋涡
孤独如那只号角
孤独如焚尸的柴堆

  第一个声音

那就放手吧
任死者腐烂
我们漂泊的语句
任它们追击每个字母
切削我们的痼疾
拣选我们的快乐
击打人群

它们有诀窍

它们是主宰

以它们的话语和必要的

手势

以它们为了永生的

口令

第二个声音

像赌徒潮热手心里的骰子

在你孤注一掷的骚动中，我很孤独

回声

孤独

像雪中的

一把铁锹

孤独

像空地上的

一把角尺

孤独

像火中的

一把柴叉

第一个声音

它们在孤独之树的痛苦中

雕刻果实

它们在孤独之木和铁中

雕刻树木

它们在孤独之花的花粉中

雕刻云朵

它们在孤独之石的心中

雕刻风景

它们在孤独的峭岩侧壁上

雕刻大海

它们在孤独的水藻之镜中

雕刻灯塔

它们在孤独之风的气息中

雕刻种子

它们在孤独之墙的尘灰中

雕刻男人

第三个声音

大地大地大地

在晕眩的顶端

钓钩开花

在囹圄的心中

铁窗失明

蹒跚的城市

迷醉于垃圾

和下水道之酒

可我们身在何方

我决定把你拖进

我的航迹

在太晚之前

在失去一切之前

和那些拯救我们的人一道

他们模糊的身影

追随着我

和巨人的种族一道

他们延续我的生命

并把我们打翻在地

我筹划　你服从我

他们的红眼睛闪烁

他们的肺迎着纯净的风嘶鸣

但他们仍孜孜不辍

那选择和联合的时刻

到了

我们曾是两个　　现在是十个

我们将是数百万个

与时光一起

死去和重生

与黑暗一道

芬芳和缤纷

　　第二个声音

我将我的名字

给予孤独

我将我的名字

给予习俗

在无法抵达之地

我们是自由的

那儿，万物淳朴

夜的分量

今夜

建于今夜

像屋顶

矗立街头

像孩子

躺在床上

一夜,随后又一夜

它惊异于自身从无开端

也永不终结

被忘却又重被发现

今夜

随后是一个白天

像一座阳光明媚的小岛

像一叶遇难的小舟

与岸隔绝

在那儿我呼唤你

在那儿你听到我

很快将只有相爱的

我们

立于睡眠之上

像立于一朵云端

只有你

以你的尊严

直面你心应许的

不可能的未来

此处彼处

在纠缠你的

阴影之外

你的步履追随着你

你以为改变了道路

在你对我曾说要去的地方

在你不再确定会在的地方

我总是与你相遇

像一只手

在更大的手里

像瞳孔

在眼睛里

你被贪婪地窥伺

然而

你便是那岩石

面对冒险面对迷恋

唯有你引人瞩目

生生不息

你便是那被计数之夜的

秩序

你便是那首个世纪的饥馑

你存在

为了男人的肌肉

为了他伸出右臂让鲜花开满大地

你辩护

为了每一真实事物

自黑暗中来

又复归黑暗中去

我认识了你

经由你的缕缕思绪

因为它们魅惑迷人

因为它们是你幻化出的动人风景

我认识了你

因为露水因为麦粒

因为大海

匀称优雅和赤裸之躯的

奇迹

此处和更多的

彼处

你全无回忆地漂泊

我盲目地学着

相似于你

今夜

建在今夜

像玫瑰上的一只蜜蜂

像水面上的

波浪

一夜，随后又一夜

同样的夜

经你被爱的

唯一意愿

以我们的形象

重构世界

隐形的我们

当你身在远方
夜里
有更多的影子
有
更多的沉默
星星在巢穴中
密谋
想逃走
却逃不动
它们以星火伤人
却不索命
枭鸟有时抬头
转向星火
而后啸叫
有颗星是我的
它不属于沉睡
不属于遥远而不在场的
天空
惊恐的女囚
流亡的女杰

当你身在远方

火中

有更多的灰

更多的烟

风驱散了

所有火炉

四壁与雪

相谐

曾有一段时间

我并未想象你

你的音容却萦绕我心

我在街上尾随你

你经过时险些诧异

我是阳光中你的影子

我不复记得的那安静的公园

你我在那儿重逢

只有我们俩

缠绵于我们的梦

缠绵于我们款款而从容的

话语

我睡在一个绝少入眠的

世界里

那世界像儿时的食人妖

让我恐惧

像过去一样

你在我眼皮后

出现

当为你脱衣时

你会遮住

让你害羞的灯

在爱把我们造就的

夜里

我们相拥而眠

我让你的手

和你的声音

落入我的手中

你便再难辨认

花儿

来到你的膝上

可触摸的花冠

因为你的秀发

是血色的花朵

它在虚幻的砾石间

难以察觉地

生长

那儿,死者们为了死去

竭尽全力

解开身上

尘灰的羁绊

曾有一段时间

你的躯体

在那儿开辟出道路

你和地平线

混同化一

我再也看不见

你在哪儿呼吸

你保护着自己

我的双眼曾携着你的双眼

我的双腿曾分开你的双腿

而我的嘴曾贴着你的唇

我把你的感官正拼读的

名字给你

你是骨与肉的

回声

是我生成的

忠实形象

曾有一段时间

你令我惊奇

为了找到你

我必须

与疲惫抗争

与阴谋抗争

在我们亲吻的微光里

大陆浮现了

它们是我们的同谋

按平方和居民

向我们展现自己

大地燃起火光

而后沉没

我们在空间里心神不宁

贴在水面上

浮在火焰上

燃烧着沉沦

你曾期待我超过你

以便跟随我

你并未背弃过我

在攀缘的废墟之上

在垂死的圆柱和

棱柱之上

我睡在一个

活着就有错的世界里

夜比较着我们

和我们的替身

曾有一段时间

为了相信欢乐

我曾需要你的笑声

白昼在我身上

你裸着在此滑行

我中断了我们的联系

没有让蛇脸红

因为我们曾是天生的

舞蛇巫师

在你自由之地我向你奉献

你扶起我

我从土中拔出我们

巨大的根

土壤翻腾

准备抓挠我们

大树倒下了

它向别人

指认我们

我们在欺骗虚空

我们隐形

白昼美人

一

偶像们拐弯时
湮没在泥淖巨大的
喧闹中

二

长着百合纤指的夜美人
在松鸦的羽翼中苏醒

三

双腿修长的白昼美人
在海中拖着白羊拉网

四

镜子无聊地盘算时间

鸟儿正筑着自己的巢
虫子造着玻璃宫殿
为了死也为了生

五

她的双脚是冰做的
手腕则为大火而生

六

她在躲避严冬
以心中的繁丝细缕
那新情感的脆弱天线

七

苍鹰跑去安眠于她的酥胸
为了在细节中忘却大地
头一个五月的玫瑰迷宫
情人的爱迷失于此
而在盐之网眼的网里
在一级级更孤独的梯级上

为了那渔夫之吻
她的颈每次都更加赤裸

八

白昼美人手握小麦的铅笔
为了乞丐眼皮上画出的饥饿
为了从一片大陆到另一片大陆的
广袤之蓝天的艘艘舟楫
为了水手们的歌
也为了传说中称道的
天真未婚夫们的春药

九

那儿，水鸥遭禁
她的双手迎着太阳滴血
珍珠
似新生儿的眼眸
被珠母藏身大洋

十

美人
随着胆怯的白昼每次呼吸
长颈鹿踮脚行走
在丰饶之水的每次战栗中
头,超然世外
灵动的鱼群
在年轻爵爷的鳞片上锄草

十一

在她统治的
剑与法冠的宗教之日里
男人放下自己的刀晒干

十二

美人
唯有我们犯罪时
方能如此
语言似干渴的木筏
被海难者的哭喊揭示给

沉默

十三

她有双双指爪对付只只锁壳
还有一把钥匙给秘密的移动

十四

蜜蜂带着封闭的激情
闯入玫瑰初始的芬芳
每个音符都是一枝茎秆
根是神奇的嗓音
使茎秆长存

十五

美人
她空气钻石的秀发
有执拗的女奴修剪

十六

种种联系皆为回声

十七

往往，燕子
是饥饿之颈上的一只铃铛

十八

身处谎言四周
似一株晕眩中的白杨
言听计从的树叶
向天空伸展出灵巧的割伤

十九

美人
在每根被迫沉默的刺上
露出露水的倦怠

廿

挺着地球仪肚皮的黑夜
为她
听凭夜之火鼠啮噬阴影

廿一

美人
肌肤中
有纺车般的鬓角
有小溪流的笑声

廿二

男人放下他的拳头，藏在
每块界石下，那儿，她在
两波浪峰间休憩

廿三

渐近的岁月为她欢呼
城墙的往昔之夜为她欢呼

四枚玺印标记出

她以人群聚集起的宇宙

唯有她,独处于旋索的抛出之地

独处于野骒马的钟点之上

独处于破碎玻璃窗浓重的灰色当中

独处于公鸡啼鸣的每一盏灯里

唯有她,独处于自己安全的山洞

那儿,蝙蝠在航程终点关闭讯息

那儿,鸥鹈聚集起巫师和神汉

破译着孩子们晦涩的梦

廿四

随着她醒来

绿宝石额头的法师们,你们的瞬间已被算定

清晨已露出半张圆脸

而世界的混响在她合上的眼角之上

道路和触手完好的章鱼陷阱早已显露

声音打结的地下腹语者被斩断了飞行

烟鬼焦黄的手指之间
早已是变色龙之城及其长长的火柴残杆

囚　徒

人们把断头台竖在苦役犯监狱的花园里
竖在掉脑袋的花园里　太阳远离的
高傲的少女
人们在缺席之上把断头台竖起
配着缝合死亡之精致缝衣针的铡刀
披着月亮流苏博刽子手一粲的铡刀
绞刑的世纪，人们给绘着猫舌纹的
迟来者竖起断头台　生命再无秘密
唯有双眼和目光，唯有追问在期待
人们在人群的惊恐之上竖起断头台
青草要求发声却被拒绝
青草上待死的囚徒忘记了自己行将死去
绘着鸟形纹的铡刀纠缠着风
给风的年轻妻子们脸上扑粉
无情的铡刀唱着正义之冷杉的牧歌
一个堕落的世界悬吊于自身之没落
一个向外伸出舌头的世界，脚再不能触及大地
风无动于衷地将这世界摇晃
我想起所有的脸　我花费
与白昼同样长的时间对其——重新辨识

人们在无耐心之上竖起断头台　老师手拿浮石
擦拭着愧疚小学生沾满墨水的瘦手指
你读着我读着被铡刀斩断的无辜词语
人们在每个礼拜天之上竖起断头台
一颗人头滚落进打开的本子里
人们在刽子手的记忆之上竖起断头台
在生与死的记忆之上
在爱的悲痛之上
在一条斩断的饰带之上
在一次斩切之上
在一段割断的脖子
之上

视觉的武器

每一把怠惰之锹
为窥伺遗忘
前额抵向大地

我们的誓言,我们的脸
没有另一个证人

未来引领自己的羊群
倒退着
构筑都市

一条路,希望放射光芒

我们把男人从家里赶走
我们打碎眼之孔的窗户
和纪念馆里的玻璃柜
我们推翻紫藤汽车

五月里美呵美呵美丽的晨曦
我们相信不幸,更相信欢乐

相信黑莓，更相信铃兰
我们相信炮弹，甚于相信光明
我们错了

石头溶解，仿佛河中的
笑声
仿佛嗓子眼里的
匕首

河岸失落了自己的名字
而天空失落了自己的石榴
城市像座孤岛般开放

无名的死者被灵魂注定得救的双乳清洗
记忆是每个港口里的一座灯塔

五月里美呵美呵美丽的季节
飘扬的旗帜后面
房屋无声坍塌
树木蜿蜒伸展

我们用罪恶之泉浇灌历史
我们以声声炮击发现蓝天

五月里美呵美呵美丽的溺毙女
她灵巧的手臂像一头头小鹿
她干渴的脚上有流水的鞋
她蓬头垢面却绝不赤裸
她对欲望撒谎
她像战斗般峻厉
海洋为太阳谱写颂歌一曲
铅弹的废墟，被撕裂的普世哭喊
连根拔出的字母像献给鱼群的
鱼骨

五月里美呵美呵美丽的爱人
她的片片鳞甲连着金秋
小麦头戴夏日的花环
锡器吐出云锦的气息
冬天凭栏支颐
凝视自己的伤口冻结

一条路，暗礁一意孤行
少女们封闭了自己的青苔之性
眼珠如团成球的刺猬
摒弃神秘

心为自己的贝壳着色

五月里美呵美呵美丽的收获
光在苇丛中高歌
海滩为波峰染上珠光
每条影子把你放大十倍

明天之后又是明天
你这播种者在分派白昼
应许给男人们的棕色田野
猫头鹰在此正开镰收割

词语留痕

(1943—1951)

逃生门

  我试图通过词语抓住诗；可是，诗已先期躲入了词语。追上它时，它化作了我的声音，所以，我徒然烦扰自己而已。

每扇门皆有一个词语充当卫兵。（密码，神奇的词语）

*

令词语可见，即让其变黑。

*

都市浮现于空白的纸页。在我的街上，我相信自己牵着的都是词语；我牵着遛弯的从来不是狗。

*

就像猫在意自己的短毛一样，那些令人陌生、惬意地盘踞在我们记忆中的词语，也是如暴君般追杀我们的词语。而它又是一个拯救我们的词语。而我们总会为其中的某个词语而自杀。

*

睡不着时,你就是一只盒子。你走在其他永远封闭的盒子前头。你的声音是敌人(抑或你的女友?)。它是钥匙。谁都可以拾起它。然后你就会任其摆布。

*

围绕一个词语,如同围绕一盏灯。无力挣脱,便会如飞蛾投火,死路一条。永远不要为了某个观念,而要为了某个词语。观念只会把诗钉牢在地,再用翅膀把诗人钉上十字架。为了生存,就得为词语另寻出路,要提出上千条最陌生、最大胆的建议,让火焰眼花缭乱,便不会致人死命。这意味着无休止地起飞和头晕目眩地坠落,直至精疲力竭。

*

漂泊骑士的黄金圈,爱之堤岸的碧水环;十个世纪的环形带和小学生焚尸炉旁的环形舞,正是白昼凄惨的结局。

*

恐惧绿得像水。

　　　　　　　　　　＊

　搞乱出口。令白门翻倍。

　　　　　　　　　　＊

　言说自我，总是让诗难堪。

　　　　　　　　　　＊

　授胜者以武器。

　　　　　　　　　　＊

　我在女泳者们的手中寻找水喝。
　有这样一位某女士，她垂着头，头发剃得光光。她女邻人的上唇有一粒美人痣：那是弹片的留痕。虐待成为时尚。毁容少女们的疤痕是地理学家们未知的岛屿。我们可以同时存在于大海、地狱和空气中。只须错走一步。
　我在女泳者们的手中寻找欢笑。
　我知道她们中谁有蜜糖之乳；一只蜜蜂搅扰了她们的安睡。花园里，蜂巢占据着最好的位置，而在床上，是唇。
　我在女泳者们的手中寻找逃避。

*

当心真相，被窃的熊皮；但坟茔旁的这局牌戏却有一种节制的优雅。我把赌注押在邪恶的火焰上。先是那位黑衣女士，她厌倦了自己的奥秘，陶醉地解开了月亮长裙的搭扣：就是被她利用的女儿。随后，是那位鼾声一成不变的退休将军。人们能理解那十枝悔悟的铃兰么？请把我的生涯之草还给我。曾有一段时间，我被爱过的那个春天存在。黑夜夸张地表现出温室的忠诚；那是因为外面经常不像黑夜那么冷，彤云其实源自内心。

*

有些肉身随着窒息的词语而死。每天都有人因为我们的错误或随着我们日趋聪明而死，也就是说，随着我们致力于成为某些人物，某三四个人，与之一同构建我们的习俗而死。

每次，只要人类和词语再次变得渺小，就会有人死去。

*

有些人，生命虽然延续，却依旧是未完成之句子末尾的墨迹。

＊

　　你是否问过自己，若清晨推开窗子，却发现四周只有大海，你会做些什么？

　　你是否问过自己，若清晨推开窗子，却发现四周只有你的街，只有你的房子之外更多的房子，只有居民，只有手摇风琴，你会找寻什么？

＊

　　你的思维将你滥用。

＊

　　有朝一日，诗将把自己的脸送人。

＊

　　一束火花！我们了解弥散芳香的每一事物么？

＊

　　大道尽头，我们在一家药妆店门前停下。每只玻璃瓶里，都有断裂的钟声嗡鸣。它们宣告着第六个时辰，训练有素的河马在那个时辰里把玻璃橱窗哗啦啦捣毁。我们能沉浸在嗅觉中么？河流与海洋往往只是精妙的陷阱。每个女人都有自己心仪的芳香。她们走向我们，像海难者走向大地。

*

镜中的这张脸抹不去从前的那张。

*

唯有读者真实。

*

同样

当你醒来时，你两眼发青；额头下，两片草坪之湖，窃贼的两个巢穴。

于是便有了你的脸，像树上的一颗次等杏仁，便有了去顶、去壳的你的脸，奥秘的历书。于是便有了你的双臂，梦幻之锹，而你的双乳垂死前尖挺在自己的绳索末端，舌头奄拉出来。

爱人，你揉皱了一张我正待落笔不知写些什么的白纸，你揉皱了蜷缩在你眼皮里的太阳，就像在地窖里，窖顶随着呼吸加快而坍塌。你只需完成一个动作，便能让大地与你相似。

在你的内衣里，我发现了你安静而清新的灵魂，正是你的清泉之名令我恐惧。墙上，一些尖叫的披巾扭动在贪婪的刀丛中，而中间有你的影子，它的统治与瀑布的影子在同一时刻靠近。

*

唯经沉默方能抵达的他处；蓝天。

*

进入沉默，犹如进入教堂。人一旦落座，便觉温暖，如主格的你和宾格的你与自己的灵魂同在。

*

有某种沉默的秩序，与它的圣徒、祭司、先知同在。

*

眼眸刺破沉默。身为沉默的耳朵被声音扎入，被动作刺穿。

＊

无思，无欲，所有绳结截断。

＊

让沉默闭嘴，给老鼠开肠破肚。

＊

沉默中，如在睡眠里，生、爱、死皆超然世外。

＊

因你之故，万物失去了标准和理性。何谓高？何谓更高？一切皆由内心解读。再没有什么是确定的。

＊

黑夜是个千足巨人，看得见它只只脚爪微光闪烁。白昼是只母羊，听得到它咩咩叫声渐行渐远。

*

　　太阳的童年、壮年、老年。你以为它消失了；视觉之外，它再次眩目地上路，前往安眠。

*

　　雨之上，太阳死于干渴。

*

　　那小姑娘曾在墙上画了一个圆；那是长着意外之头的大地，双眼中分泌出怪物。
　　果实即将滚落，它们也即将腐烂。
　　起风了。没有什么不能发生。
　　羸瘦的大腿、惊恐的嘴巴之季节。那小姑娘憎恶她所揭示出的东西。闪电让她害怕。但她无从逃避，因为那是她自己的不幸。

*

　　林木不解枝丫的苛求。一场暴风雨随之而来，众皆惊诧。晴雨表曾指出："固定之美。"某来客会暗示："或许那是战争？"于是，我们理解了为何会有那么多死者、那么多雾和那么多血，还有那么多被连根拔起的死者的笑。但在战场上游荡的那个小姑娘仍能装满一篮子樱桃。随后，她在市集上兜售英雄们最隐秘的思想，她在那儿很出名。

*

他最后的地址是"圜丘广场"；可他那时生活在非洲，住在一个有黑姑娘照料的窝棚里。报章纷纷预报灾难，可他并不读报。灾难发生时，各大陆无非是一块可恶的灰面团。故而他能在门楣上刻下："圜丘广场"。

*

沙上有被人抹去的沉默之踪迹。

*

沉睡是唯一的回报。

*

石头是判官。

*

在水上建造（一无用处的边缘）。在想象的大理石上建造。

*

诗是夜的女儿。漆黑无比。为了看清她，要么用手电对准她——此即为何在她愕然怔住的一瞬，她在众多诗人眼里如一尊雕像——要么就闭上眼，娶黑夜为妻。既然是黑夜里的漆黑，视之不可见，于是，诗会以自己的声音向我们自我呈现。诗人会被她打动。当这个令人信服的声音为他呈现为一只手的样子时，诗人不再诧异：他亦将向它伸出自己的手。

*

看见，往往意味着熄灭。

*

有一家为老年词语开办的收容所，类似于世上的一家家养老院。

＊

句子写成,即告死去。词语比之活得长久。

＊

词语拥有众多已故的美貌女友,有时它们让坟茔鲜花怒放。

＊

有些诸如"唉"一类的词语因厌倦杀戮而选择孤独。

＊

人类一旦就每个词语的含义都达成一致,诗便再无存在的理由。

＊

一种友谊,或许不过是词汇的某种交换。

＊

传说。诗是夏娃(诗)某日送给亚当的那只苹果。(为了经由他而万古重生。)

*

词语的记忆。词语拆卸记忆。

*

从夜到夜。我的抱负是用浅浅的虚线勾勒出诗的旅程。但出发和抵达的路线却奇怪地混淆了。只有一条粉笔线，像虚空中劈出的一刀。观察之下，我不过是巨大双臂上的我的眼睛：两只无理性的瞳孔。

*

随着诗的降临，晨曦和黄昏重又变为黑夜，夜的开端和夜的尽头。于是，诗人像海上的渔夫一样，向黑夜撒下大网，为的是抓住不可见中的一切嬗变，这些无色的生命不计其数，没有呼吸也没有重量，却汇聚起沉默。诗人出其不意地攻占了一个禁止进入的世界，却不知其极限和能力，尤其是既已攻占，便要防其灭亡；构成这一世界的生命犹如鱼群，与失去的王国相比，它们更偏爱死亡。

在每个永生之幽灵无休止地萦绕之下，诗人撕开了一道丝绒的帷幔，奥秘的眼皮。

*

　　黑夜，那小姑娘张开拳头；那女人敞开黑夜；她的成熟葡萄之拳，她的时光退却之拳；她的亚麻之夜；她的五指之拳；她的夜，每个人、所有人和无处不在的夜；她的拳，指针闪亮的透明刻度盘；她的夜，神谕黏结的唾液；她的雨丝之拳，成束之音乐的纬线；她的塔布①之夜；她的梦幻拱顶之拳，她的钻石海绵之拳；她的同谋之夜。而这，便是你众所周知的告白："我是谁？从不是同一个。你拍打过双眼的喑哑之门，并因我的后退而以为横穿过我的前额。但对于我，你永远不在场。"——她的拳头的阴影之拳，她的拳头的爱情故事终章之拳；她的鹳鸟筛分之夜。而这，小姑娘，便是我最终所能听到的东西，湍流的河床里你心的跳动，世界沉睡之树上你脆弱的心，你黏土的恐惧之心，你心的指环，你心的小舟，你期盼的你心，黑夜。

*

　　诗唯有一种爱：诗意。

---

① 塔布（Tabou），美拉尼西亚和波利尼西亚原始宗教的观念之一，原指被认为拥有了法力"玛纳"（mana，指一种非人格的超自然神秘力量或作用）而不可接触的人或事物，后泛指为禁令或禁忌。

*

手臂轻柔相交，像一张吊床。

*

让水底翻上水面，石头跟着石头。

*

赤裸地走向那个男人。

*

轻轻地，掠过的风撩起了清泉的长裙。

*

清澈之水以其自身为代价而相托，我须直入诗中，穿过所有的句子，关注其变形，首先是那最玄秘的变形，那包含着使之不成其为水的变形。我将去空中向它致敬，在那儿，它依其或睡或爱而无所谓地为云和雨取名。我将在植物的泪雨中，向欲望、向承载每一步履的大地祈求将它收回。我将从欢乐的手中、从富足中的那人手中、从它为之自愿成为一条河的那对夫妻手中、从它为之自愿成为一片湖的那种孤独手中、从它为之自愿成为大海的那种痛苦手中将它夺回：暴风雨的大海，四桅破碎的大海，溺水者和晨曦的大海。而此后，我将任其在死者中流淌。在死者们的荒漠一隅，它将创造出一片绿洲，我们的回忆和我们的祈祷都将在那儿绽放。我将请求它为"绝望"这位羸瘦的、让屋顶和街道喋血的王子解渴。我将请求它满足汗水的愿望。

*

  黄色像木乃伊的气息。
  白色像白昼的咽喉。
  蓝色像大海的灰烬。

*

  为了看见，为了触摸，诗使用了人的双眼和手（情郎借自爱人）。

*

  一旦适婚，意象便只思婚嫁。

＊

为遵从作家的意愿,意象有时会屈从于理智的婚姻。终其一生,它都将期待离婚为它送来读者。

＊

从集市到蚁群,双目为蝉。

＊

绳索,冷却的肉身。

＊

追寻意象。我所畏惧的,是重获土地。于是,我收回了自己的名字,自信已勉强摆脱了疯狂与死亡。

＊

我总是误将自己的指尖当作她秀发的起点。

*

一旦解带宽衣，每个女人怀里都藏有一只被她解放的小鸟。

*

幽默是诗。喜剧是散文。

*

断无在同一条便道上两次超过同一位女士之理。

*

幽默的是，这个看不见的男人被他腋下夹着遛弯的炸药包所背叛。路上的一切都炸飞了。

*

"您真没心肝。"——音乐会开始前，有位寡妇对她的情人说。"那是因为您的丧裙让我想起了您已故的丈夫。""那我就裸着，一会儿就臣服在您的唇下了。"于是，她一边嘀咕，一边脱下丧裙，"让您不仅仅拥抱音乐。"

令人惊异的女人。如此年轻又极富才华。她让鱼一会儿出现一会儿消失。真是漂亮的水的魔术师。"待会儿被淹的就是我们了。"邻座不安地对我说。然而鱼一条条站了起来。一小时后,玻璃鱼缸的底部只剩下一张燃烧着的节目单。

*

可以杀死小丑。可没人想灭绝幽默。

*

那只充当圆柱饰带的蝴蝶,或许就像每位音乐家都害怕的那个跑调的音符,因为它过于纤巧。

*

幽默与生命毫无关联。它属于死亡,是死亡的可憎模型在人世间的展现。活在同类边缘的造物,如教士与残疾人。

*

幽默似豺,以食腐为生。

*

像盲人需要手杖,幽默靠怀疑运转。

*

罪行有其逻辑,幽默同样有之。

*

自己的盘子里有梨,人就不至于饿死。给你留下一把餐刀,却没有餐叉。我们在图尔-萨蒂侯爵家里,有扇窗子面向"音乐"之河敞开。他的酒窖里老鼠遍地,可他窖藏的美酒远近驰名。有十二位裸处女准备好随第一个信号便献出鲜血。侯爵热心于口述回忆录,与此同时,城堡附近,有个乞丐正徒劳地为自己祈求一个名字。

*

绝望之蛆受雇于幽默。

*

在双关语彼端,意象有了自我意识。

*

一个衣衫褴褛的小姑娘在其苦难的非人格洞窟里找寻她的母亲。

*

你的手臂在我手臂中,爱之自缢者的活扣。
我们不懂得土地。
女人,我肩膀的同谋。

*

什么床罩还盖着那个男人和那个女人,他们的手臂松开了么?

*

诗是剑,以音乐为鞘。

*

养上三条狗，再养几只金丝雀，我们就能建造出自己终生的牢狱。

*

首先，如果不是那个作为他者的她，你是谁？

*

正是在这些大道上，我们应当为痛苦提供周游世界的方便。

*

新衣服的可怜之夜。灌满盐的路上，那么多船只遭遇海难。太阳啃噬着螺旋桨。我们乘着风中飘荡的古老苦难，在幽魂夜总会中翩翩起舞，水手们尖叫着赞美那个没用的浮标；我们只知道按世上的时下方式行事，发出温柔的、无人理解的爱之呼号。空荡荡的啤酒馆的可怜之夜。三个醉鬼吼着一首流行歌曲。可还有谁仍在否认爱情？面颊的清新是我们的故事。那个紫衣女人决定一切。

*

　　那些信任熟睡少女双眼的人可以把赌注押在这一瞬间。死者们数不清的纪念碑并非独自背叛缺席；模范寡妇们的合唱和面颊上饱受蹂躏的皱纹也同样并非唯一。有一个敞开的洞窟，你在里面堆满了鲜花。秃鹫们认出了它。荡妇们的胸脯上，有一只手保持警惕；因为所有财富都不再受到庇护。玛利亚、莱奥妮德、卡弥尔，天空对她们也亦步亦趋。这关系到及时地重新发现那把从蛇中造出一位天使的锁。

*

　　人总是被某个奇迹所拯救。

*

　　在圆柱顶端，大地中断了自己的联系。忠实的狗、较真的狗、永恒的狗，别理睬那些在紧闭的大门外等候的人。

　　诗迷恋上了自己，纳喀索斯[①]。

[①] 纳喀索斯（Narcisse），希腊神话中的美少年。有一天他在水中发现了自己的影子，遂爱慕不已，难以自拔，终有一天因赴水求欢而溺亡，死后化为水仙花。后心理学家便把自爱成疾的病症称为"自恋症"或"水仙花症"。

图 景

  有时，在某同谋的帮助下，词语改变了性征和灵魂。然后又嘲笑我们的惊愕与怪骇。一群仰慕者亟亟为它喝彩。将来，谁还会说起此类掌声的残酷？很久以后我才意识到，它是如何为了从自己的诡计中得到更多乐趣而不动声色地把我们拖进了它预设的舞台场景中。节目单上，是我们在演出结束后将要索取的散文或诗歌的片段。

鹰将光阴钉在光上。

*

词语在被诱惑的光明四周展开阴影的饰带。

*

性永远是一个元音。

＊

站起，我们自倚而立，如在镜中。

＊

一个小姑娘向自己的脸颊吹气：脸被发现了。

＊

听，水悄声拼出貂的名字。

＊

雪洁白了眼眸。

＊

重读自己写出的东西：欢宴翌日，在美轮美奂的大厅里重归孤独。

＊

词语往往与选用者同龄。

*

作家的艺术在于一步步引导词语对自己的书发生兴趣。

*

词语拣选诗人。

*

雄健的词语与诗人一道投入抵抗。

*

一次次的肉搏战，有时很血腥，但标记出一部作品的各个阶段。

*

思想有可能使词语获得权利。

*

丧失理智的人是词语兴师叛乱的受害者。

＊

淹死骰子吧,手指将成为救生索。

＊

孩子们的习字簿满是奇形怪状的创造物,这种变形大多起因于拼写错误。

＊

水献身于火,为将其熄灭。

＊

外化:还宇宙以其自己的声音。

＊

眼睛的出生耗时良久,死去亦在最后。

＊

一首诗中，回声与沉默同等重要。

＊

多亏了韵律，诗人方保持了词语从他那儿夺走的平衡。

＊

有那么片刻，眼珠为了变成磁石而不再试图看见。

＊

意象由梦想它的词语赋形。

＊

长年身处异邦，诗人以诗代言。

血 脉
——献给玛蒂娜·瓦塞夫和欧吉利斯·瓦塞夫

一

一个小姑娘睡在沙里
剪刀变成沿着黑夜的
路灯
剪刀,为了剪断墙壁
为了剪断道路和眼皮
看见,但不再退缩

二

放弃言说吧,骑士们
英勇的花岗岩骑士
以血肉战胜森林的大理石
鲜血继续淹没
鸟儿捍卫的树叶

在窗边聆听
田野燃烧,有如麦秆的声音
在窗边聆听

大地漂浮，有如水面上
软木的声音

入睡时，你的手似血脉和皮肤
深深的鸟巢
远航时，你的手仿佛指甲舷窗
奇怪的小舟
骑士们的投枪是谎言中
冷酷的泪水
战马是路上
厚重的彤云

我们再不知阻隔了
天空与世界的距离
从你到我，从你到我
甚至没有孩子一肘宽的空间

每个额头的时辰挖着
一个始终更大的窟窿
顷刻间你便像话语和光明
没了形状

骑士们有鸢的功勋

有锯鳐和太阳的能力

尘土拒绝让你的眼蒙尘

你的双睫已击退虫蛆

在窗边眺望

陶醉的田野旋转，如蓝色的飞去来器

在窗边眺望

大地向每颗星抛出救生索

在海难的中心

在深渊之底

青草夜间生长

岛屿是一位蹲踞的女丐

在接受大海的布施

你与自己的秀发独处

那儿，千只蝴蝶飞舞

从你到我，从你到我

甚至没有一片海藻的厚度

沙滩上是迟到的骑士们

那儿，夜潮大口倾吐干渴

你脚下的影子是寡妇们
前来收取的暗色风帆

受难者们的哭喊是石头
脆弱茎端上的荆刺

骑士们唱着新芽和黄沙之歌
脸掩映在一枚枚露水勋章里

三

束着光环和遗忘之发带
疯女在自己的影子中认出自己

为某世纪被斩首的人们
黑夜戴上数不胜数的项链
他们的脖子，无知觉的水井

沉默是湿润的声音
刚刚被游荡者察觉

苦涩的国度里
唯有靠唇生存

四

不听话的耳朵
一出生便吮吸声响

被风搓来揉去
预言变为回声

被俘的年轻仙女们
为了爱
拒绝奇迹

暴风雨击碎闪电
它的利器
被废止的哭喊

五

它的气息改道
碎成一片片传说

不知笑也不掩饰

每个时代的骑士
行骗各有伪装
难道你不相信记忆

让伪装流传吧
烟鬼们无耐心
烟雾无价

骑士,你们的敌人
令我们脸生皱纹
让我们的笔记本一团漆黑

每一皱纹都是一道壕沟
每一句子都是一条花饰
思想,正是火山口

骑士,那秘密
染黄我们的纸页
熔岩啮噬大地

拿,是为了被拿

泉边延迟片刻
狱中鲜血顿淌

锁链是我们的视野
我们深宫的伤口
我们铺展计划

众城池坍塌
压在我们肩上
阴影收集钥匙

万国起锚
钢琴无键
港口在城门前咽气

骑士，那睡眠
夺走你们的马缰
你们包围起虚无

声音是床单
瞳孔是枕头
你们迎战种子

野性，那不安
像我们的坐骑之鬃
飘动双臂间

我们按压白昼的血管
在空气细腻的皮肤下
号着对话的脉

六

目击者的地平线上
是牧歌的火焰线
沙废黜了海难
失落的王冠　国王见到它
一整天对着那王冠
戳戳点点　每粒宝石值一滴泪水
一整天直到夜晚
此时，我们终能相信于他
书写的火焰线
囚犯越狱
触电而亡
幸运脚下，他的影子
兀自直立

恒　心

　　毛发的故事

　　　一

我们剪去海水和海盐的缕缕发绺
我们刮净岩礁和颗颗卵石
用一把梳子和头发做成一棵树
我们清扫海滩
将无用的毛发连同海藻一起扔进大海

　　　二

长河的棕髯垂过我故乡之膝
豪迈的理发匠
夜以继日
向来守时

三

他们走下山坡

双眼蓝过鲨鱼的饥饿

蓝过自拂晓便支起大地之颐的

天空的腋窝

石头的故事

一

鹤嘴镐试图凿穿

阳光从未透过的

空洞石头的秘密

它们何等坚忍

俯身于伤口

那唯一的财富

不知狂热何时才会给它们镀金

二

白昼在地窖、在侧翼遭受打击

在雌雄同体之性中遭受打击
血的白昼在浪的鬓角之上
亦在潜水员的掌心
一朵花的名字,在口中
一束火焰的名字,在蝴蝶的航迹
在废墟的深处

三

死亡里
我们只能同时
刻一个名字
在唯一的一块墓志铭上
我们只有一次被颂扬的权利

远行的故事

一

一只流浪的拨浪鼓
来自最温存的限期
它在路条上的影子

恰如一朵玫瑰

二

船只摆脱港口的拥抱
像摆脱女人疲惫的双臂
遗忘登船了

三

明天你再也不认得大地
白发如海
或秃顶似礁
驼背似丘陵
一棵树被当作棍棒
明天你再也没有名字
在匿名的肩膀间
你为自己开辟出道路
在你的天际线上
有个寡妇敞开衣襟

四

鸥鹊作风标
鸥鹐为镜鉴

词语的故事

一

暴风雨伴着绝望的笔杆
我们对写在大地上的文字读也不读
或许,面饼师傅会把像孤独的你的
每一个心爱女人的最美讯息做成面饼
面饼里的字母合拍于男人的脚步
而后在麦田里向着太阳轻摇

二

白昼的猎犬群壮大了
狩猎之伟业的文字
号角重聚起猎犬和猎枪
岛屿淹没了自己的褴褛衣衫

陋室淹没了自己的轻盈屋顶
今年会有大洪水
逃避游向躯体
闪电泅往心房
长颈鹿却不急不慌

三

词语从每一粒顽念的
种子中不耐烦地显现
像遭到误解的武器

眼睛的故事

一

鹰群经常出没于
沙石料商人的王国
鹰爪上镶着瞳孔

二

以金价达成新的妥协

与光的每一丝缕抗争

脖子上的绳索

以刽子手为人质

三

沿着以太的堤岸

人们相互点头致意

粗雕而带符号的石板

水底的锚

嫉羡的记忆

盐贮存起永别

四

晨曦

敌意追索的胸衣

曙光

遁世的珐琅杵

裸女

在画家通透的眼中

攀缘

五

死亡为新娘

戴上祈祷书的手套

系上冬青树的腰带

六

被围捕的黄毛野兽

新长出的粗大毛孔

城市对狼嗥叫

七

高跷上的俊朗猎手

八

为那别致的骨灰巡游

为万国常春藤的呃逆

为平衡吓人的松弛脸颊
大地咳出它古老的铅弹

黑 盐

在视觉之心

    我在切掉了喙的鸟群中生活。鸟儿被狗环绕而狗被苦役犯包围。有时，在清晨，我们看见铁窗。但每时每刻，总有绷紧或僵直的手。狗在死亡的嘲笑声中擦伤，而鸟儿在断头台的幸福时刻蹭破。在血中，它们口授，我写。

*

    空皮箱里堆满平台，在那儿，人们用自己的街道束紧长裙，屋顶戴着怪模怪样的帽子。花儿总是转向渴望它的那人。过去，在被绝望扔进水中的皮箱里，曾有过一只大鸟笼。海滩在那儿赎回了自己的贝壳项链，但把项链藏起来的人却再也找不回自己的脑袋。

*

    蜜蜂在正午时分勾画出的路径或许最不靠谱。镜子的私密网眼里，有那么多脸在挣扎。照过一次，就得照个不休。以自己的映像解渴，靠自己的行为维生。但植物怀疑过它么？

*

　　蜂箱挂在光上。蜂箱里，木筏上，有个倒地的男人等待死亡。苍蝇在四周盘旋。他嘶嘶的喘气声，如支支火簇，被钉在黑夜上。于是，不幸中，有人抓住这些火簇当作星星。黎明时，悲痛，如没有尽头的线，大步走遍世界。

*

　　散乱的大厅里，桌子中央，有座岛屿在人们平静的梦中挥之不去。可怕的植物群轻取的猎物，其哭喊与我们的呼号搅在一起，我见它在数千只海鸥的重压下消失。为了解救我们，点燃的雪茄在它们的头发上徒劳地凿孔。

孤独的信号灯

　　从火中射出大头针。

*

在为声音削皮的人眼里,沉默是一颗果核。

*

针的眼,被一根线刺穿。

*

镜子打碎了,那女宾便能现身。

*

过滤后,水依旧是水。

*

遽然变轻,监狱漂浮水上。

*

水塘发明了睡于自身的快感。

*

念出，词语飞升；写下，词语泳游。

*

墨水固定流水。

*

书写的纸页：干涸的湖，渔夫常在夜间出没其上。

*

一个词语的坠落能导致一本书的垮塌。

*

为了保护词语，作家在词语下收紧诗人拒绝他使用的网。

*

苦役犯们被铆定于大地，行进中让大地旋转。在跌倒引发停顿时，我们辨认出死亡。

*

踩踏的青草拯救了面孔。

*

羊群经过,树自咩咩。

*

从一口水井到另一口水井,干渴千辛万苦开辟出一条道路。

*

坑里噪声鼎沸,钻石于此对聋子们言说。

*

诗满载陌生的词语和意象。惊恐中,诗人固坝修堤。

*

诗同样了解洪水。

*

词语拥有人的胃口。

*

有些作家,其作品只是词语的食物;另一些,是排泄物。

*

唯溺亡者可以论河。

*

源头密切留意诗歌。

*

诗人把自己的名字赋予作品。读者则赋予作品以自己的想象。

                              *

大海追逐骏马以盗取涎沫。

                              *

该死的白昼,猫头鹰向死亡奉献出自己的双眼。

                              *

白昼繁育镜像。黑夜废止镜像。

                              *

荒漠中的一道影子即生命的同义词。

                              *

饥饿,正是生命。

                              *

墙制住了太阳。

挖掘，便是步幽灵之路。

*

无限即幽暗。

世界之壳

(1953—1954)

献给勒内·夏尔

毕加索的天空

那长着麦秆双眼
从不发火的死亡
那灰烬中重生的死亡
更高傲,穿着也更考究

座座宫殿郁闷地死亡

毕加索的美丽的太阳
公牛的犄角
遽然刺穿
斗牛士的天空

马群拉着
世界走向无限

月亮
手执套索的女王
围捕灌木

闻说它们逃脱

又重新入座
危险被遗忘

吊死鬼发出尖叫
惊扰了女佣

死亡有若镜廊
画家失落其脸

若你尚欲思考

最小的星星

水池般双眼的头
干渴中修剪的头

海中切断的手,多雨的
双腿　天幕更低

野蛮黑暗的两夜之间
专制的两次分娩之间

那颗最小的星星在他脖子上

绝　境

欢乐之

喷泉

痛苦中

雨的脚步

无望的踪迹

遗忘　绝境

步履依顺坦途

呼号纯属自愿

斜坡纠缠声音

门户间传递呼唤

邻人间交换无限

喷泉

阳伞上

水的复仇

孤独之苦痛

无刺

镜　子

相似的寝室里
树叶自有其想法
石头晓得被蜜蜂
染成金黄的声音
白昼由衷地连接起
它们的失望它们的听觉
为了时光的空气与水
大自然起舞
大地中的青草拥有
前行的裸足
但你永远不会听见
一丝疲惫的呻吟

我从沉闷的国度给您写信

海上
与爱人的手同样美丽。
同样孤独。

我为您而写。痛苦是一只贝壳。我们从中聆听心灵结珠。
在牧歌的门槛,我为您而写,为长着水之叶、火之棘的植物而写,为爱的玫瑰而写。
我无缘无故地写,为我之死亡留痕的那些闪光词语而写,为万古亏欠的生命之瞬间而写。

符号上
与爱人的手同样美丽。
同样孤独。

我为一切而写。我从某个沉闷如苦役犯脚步那样的国度、从某座与其他城市相类的城市给您写信,那儿,做作的哭喊扭动于每一扇玻璃橱窗;我在某个房间给您写信,那儿,睫毛一点点摧毁沉默。
您是命中注定收到我信的女人,您是我写信的理由;是白昼与黑夜之欢愉的启示者。
您是渴望蓝天之天鹅的颈项。

无情的女人

她的皮手
是内衣中
骤雨的双乳

最美的动作死了

她抓起祭饼
鲜血变成
蚂蚁的水塘

目光任梦幻过滤

树与树叶
穿戴起
自己的水印

鲜花无价
果实，味道深不可测

眼里

与爱人的手同样美丽。

同样温柔。

我用急奔而来、气喘吁吁、面色红润的词语之血肉给您写信。

那正是您，被词语环绕。我是寄于我身的所有词语，而每个词语都在以我的声音颂扬您。

我需要您，为了爱，也为了让选择我的词语爱我。我需要在您的利爪下受苦，以便在诗的累累伤痕中长存。

箭与靶，轮流交替。我需要在您的支配下解救自我。

词语教会了我怀疑一切被其赋形的事物。

脸是被追捕之双眼的避难所。我渴望变为盲者。

孩子的微笑里

与爱人的手同样美丽。

同样透明。

我梦见我五岁时的玩具。一旦为我所有，它们就成了我的主人。赠我之前，我以为能随心所欲摆弄它们。但很快我就发现，虽然我可以随意毁坏它们；但如果我想让它们活着，我就必须尊重它们的构造，尊重它们不灭的灵魂。

语言亦如是。

在我小学的习字簿和成年后的笔记本中，我亏欠词语太多的欢乐和泪水。

还亏欠它们我的孤独。

我亏欠词语我的不安。对它们的问题我有问必答，那些问题也是我正在燃烧的追问。

地平线

一

港湾
大海的花苞

鬃毛上涎沫四溅的马
口中马衔里的地平线

贝壳是无尽之声响的
彩画玻璃窗
放在捣碎的宇宙沙粒上
鱼群，晕头转向的人质

那边，另有阵阵声响
海藻窒息的呼号

少女
在荒芜的花园
抹着告别香水
丢下手帕面纱

双手卷拢传声

诸世纪拄着死亡之树的
拐杖,伴着被征服之
枝丫的热狂

(诸世纪,贪婪的树皮)

坟墓是舟楫

船长坚忍
船员失踪

那边,另有座座囚笼
奢华的展示

同一个太阳
外表的囚徒
同样的蜂群
锁链的后嗣

港湾
大海的花苞

第一阵狂热
青春期的种子

大洋迷惑
田野

雨雨雨雨
赞美丰收

二

夜，这一夜
难觅之镜

三

身携燕子之伤的少女
春天迎风卷起你的
秀发

太阳
望远镜，聚焦于

愤怒之火

爱情之火

一粒蒜瓣，一阵翅膀的扇动

古老的奴隶市场的偶遇

悼亡诗二首
——怀念保罗·艾吕雅

一

街衢衔哀
路灯知夜

意象中
我藏起被逐的
魔术师们的镜子
炫目的青草钥匙
太阳
在应许之手的范围之内
战败的暴风雨
馈赠四射的箭簇

我看见
教堂门槛上
平静的管风琴讶异的脸
有节奏的斑驳步履
爬满屋顶的慵懒藤蔓

街衢衔哀
路灯知夜

意象
托付给被吞没的大地
和雕刻出的梦
四季的声音，色彩
人们不曾相信
却为之殉身
发薪日的风景
和失眠的风景

街衢衔哀
路灯知夜

我看见
深渊里，蚁群重返光明
绵延不绝
褪色的铁钩栅栏
睡眠是它们的历史
是它们从伤口到伤口
口口相传的传奇

我看见

一群群窟窿啃食墙壁

无尽的精神之路

被石头保存在冰里

木头被投入奇迹之火

轮到自己变成了火

我看见

我的双眼随自己的灯火生死

像时光既燃又熄的孪生湖泊

眼底的沉默像女人一样呼吸

散发出鸢尾花香时又复眯起

街衢衔哀

路灯知夜

二

夜

藏身于你死去的

那一夜里

星星重复着星星

而大地有了我们的声音

黎明没有面孔
为了爱和死亡
我们把你的脸给予黎明

夜
藏身于一首首牧歌的
那一夜里
正午将在石头上大笑
你已和石头酷肖
而我们将在石头上刻下
你的名字和美丽的叶饰

石头上
在徒劳撼动石头的风里
你的名字如绿色的网
那只睡眼惺忪的小鸟
从中露头

你曾以为向词语开放空间
就会失去词语
冬天里词语会以忠诚之翼

再次温暖你心

词语
和你用男人的手指
发掘出的宝藏

一旦认出我们
正是它们向我们靠拢

剥皮的树湿漉漉的草
在第一缕阳光中
独自见证风雨

我们的创伤在我们眼中
时光，沉重的眼皮
不会让我们失明

对你，我言说

对你，我言说。回声。珊瑚，传送造房子游戏。今天，喜讯闪光。对你，我宣布欲望的馈赠，没有航线的大海，嘴。

对你，牝马头般的峰顶不守纪律，白雪的马嘶声，那边，绝无实例。

对你，被激怒的爱，首要的真理，与栖息的石头协调一致的期限。

对你，只为你，大蜡烛的葬礼，对岩石的颂歌，未受破坏的字符卡。

*

你在自己的纯真中受到伤害。鳞片。风和水之间野性的联系。一旦得救，露出的胸和腿更加美丽，波浪的伴侣。
而爱的羁绊轻松逃逸。

*

数字。首饰盒。觊觎勋章的游戏。字母表，变大的口疮。嘴唇与句子一同爆裂。

在这儿，我展示。页面，厌烦的国度。在这儿，我繁殖，我植树，我盖房。墨水密封住土地、河流和雨。

*

对你，我题献。沙。对话的果实，红藻。

而瓦砾中的盐，缩减的海滩。

*

静止。灯的反驳。

与手之惊愕一刀两断的明天。

节日般双眼的少女

门向清晨显出
路的疲惫

*

山间的小径
记忆的公骡

*

眼眸解开秀发
睫毛的大胆举动中有不祥的
意图，内心的命运

*

船夫们，拖曳起那目光吧
从树叶到树根

*

当迷失的苍穹死去
白云犹在

*

投射完毕　任何距离皆废止
石头筹备自己的特赦

*

光交付了自己的秘密
夜是一个全新的机遇

*

目标自身携带着眼珠的
长指爪的踪迹
激动的风景复仇

*

空白证实

洗净的屏幕

*

眼珠用于萌芽

眼珠用于交换

眼珠用于传播、集聚

计数、标记、联合

让人满足

*

两岸的眼珠

*

仿制的奖章

至爱亲朋中

颁发的棕榈

*

话语是一只眼
沉默将它留意

*

眼珠的双腿用于行进
眼珠的肩膀用于安眠

*

而手
在想象

*

如此美的挺立
那保守住的秘密

土地的守望者

　　第一个声音

我有备用的大笑
遗忘的自卸车
斩去黑色花冠的失眠宝盒

我有我的词语摹画出的你的嘴
（用你指定供我使用的词语）

我有你的双手，天地间偶然的同盟
我曾教导过你它的分量

呵，我的爱
醒来时茂密青草中脚踝的色彩
死亡阳光普照之时毛虫的色彩

　　陌生的声音

一间间不知名的寝室里
词语醉心于镜子

泪珠屹立,灯光喑哑

颠倒的世界,孤独的世界
入睡时拥有同一张面颊

第一个声音

我揉碎屋顶上鸟儿的面饼
我长着无戒心的长长手指

面对你盛开的绢纱之声的音色
面对你解开的秀发的喁喁低语

我长久地凝视石头的生长
它们的动作便是思想　我

留于你模糊的创伤之雾
像大地取之不尽的财富

重逢的爱人和打开的书

　　　　陌生的声音

在哪一时刻、哪个谚语里
水拾起滴落的水

我在类似蛞蝓的注视中行走
它的家是因不幸变硬的眼珠

　　　　第二个声音

你走在我目光里,空白笔记本
你的故事即是我的故事　你走在我气息中
空气,阴影棕榈林的素描　你走在
我的秀发我的手臂我的舌头里
我是要跨越的最后一级台阶,是脆弱
而强大的书写,是浸渍着你的梦的床单

　　　　第一个声音

我们干渴的航迹
椭圆似那湖泊

陌生的声音

她是镶着逃匿之芒刺的花环
是童年用波浪之肘搅动的
仙境树叶　他是淹没的岛屿
其缆结令旅行者迷失航迹
光散播出的欢笑的蜡烛，是否
仍与鸽子的瘦脖颈守在一起

第一个声音

变化中的披巾
在她和白色的我之间

陌生的声音

夜是未婚夫们梦中的指环
月是他们的爱是疯狂的盖

第一个声音

脚戴镣铐系于蜂箱
我冷酷的回忆服着苦役

像乳头受伤的母狼

蜜蜂审判我们的封印中

古老的蜂蜡，而蜜是它轻盈的姊妹

我是你执意关闭的冬日百叶窗

我是奔向火炬的永恒源头

大地用景色的乳汁灌溉自己

　　　陌生的声音

整个蓝天和谐于苍白

坠落是秘诀，目标已消失

笔下淌出的墨水是归还给自己的汪洋

　　　第二个声音

小舟是从一条河岸到另一条河岸

小小机会的链环　河流悄声拨弄着

灯盏　两个敌对的世界彼此倾斜

两座教堂相互给予　大钟下

少女们在彩旗飘扬的广场起舞

来自远方的你我，离困倦的车轮

那艄公应许给新月的好运如此遥远

第一个声音

你我，离王冠的微光闪烁之墙如此遥远

偶　像

你眼中守望着

黢黑的竹林

观察你的他人

将你当作一盏灯

鲜血拂拭着

我们废墟之屋的窗子

细微暗影里你循着

我们的足迹追随死者

铁蒺藜的清新

我们以玫瑰刀片相互致意

情人们脸对着脸

他们的声音平添出重重声波

从这个国度，向着

你星际渊薮的家园

请

置身于水，它在手心的水里安睡

置身于空气，置身于对我们的头过于宽大的空气之冠

置身于沙，置身于我们脚下小妹妹般的青草

请

置身于拴在棚圈里的风之雌羊群

置身于冰雹平台上的喑哑母牛群

置身于狐狸，置身于昼夜吠叫的狗

请

置身于升高的语调，建筑的绿色

置身于窗，置身于因岁月而厚重的窗架

置身于装在小猫喵喵叫之轮上的风向标

请

置身于微风美人鱼，置身于它们的百合花别针

置身于管风琴冷杉林中的浓密秀发

置身于张张鱼吻的玫瑰色面包

请

置身于秸秆之激情的倾斜的塔楼

置身于巨大之风帆的期待的铁锈

置身于大海，置身于挂在圣诞大钟上的城市

请

置身于对行进的庄重追寻

置身于鲜花盛开的流水

话语在唾液中升起的太阳下
话语在亲吻的三十二枝烛台里

午夜
身携月亮的种子

白昼在大地的深处
在石头的浓雾里
在枝丫泥污的梦中

白昼在野兔的鼻孔里
它的跳跃是起身的玩偶

须发剃光的海滨,鹿的故乡
舟楫穿越的你的性
经由海浪咳出欲望

奇遇是一位长着盐之乳的偶像
水手们混淆了它与干渴

疯狂的偶像

诗像你的胸

无始无终

喜悦的浴女们

你们的双臂，蛇般慵懒

你们发散着爱

在你们的歌中，我们寻觅

一处经脉与树叶的所在

一个作为我们丘陵的名字

哭喊的针赞美着它们的线

盲目的它们最终在作品中诞生

骄傲的偶像

诗是你露珠滴落的长裙

绣着鸣蝉的暗淡胸花

被淹没的浴女

我们从你们与火订立的

最终契约中浮现

天空由虹彩的礼拜堂加冕

内有令人悸动的白鹮祭坛

请

置身于橡树嗓音里的一群群小嘴乌鸦

置身于屋顶上的粉笔，孩子们的传说

置身于大洋寝室里黑色之船锚的安眠

请

置身于暂歇在其蜡封中的飞羽

置身于果实中洋溢欢笑的故园

置身于至高无上的栅栏，光阴的卫兵

请

置身于桥下灰色的航迹里圆拱的木乃伊

置身于河之尘埃，一艘艘独眼舟上的夜

置身于俯瞰众世界游移之根的渔夫

请

置身于千百个海难绳结的岛屿带

置身于照亮芦笛之光的晨曦托盘

置身于布满湿润嘴唇的火灾水泡

请

置身于前额的十字路口　美丽的思绪往来飘飞
飘过街巷，飘过有自己语言规则的喷泉
飘过清晨惊异之脸上的琥珀色绒毛

请
置身于我们所受奴役的高傲岩石上
青苔的备忘录

话语存于暗礁之蓝色洞穴里的泡沫手指
话语存于苍山赤裸肩头的彩虹

湖畔
磨坊偃卧
风车的尖翼下
麦子磨碎麦子

我们在河岸上
为苍鸦的火炬
构筑生之允诺

光在水晶中吱嘎作响
绝壁之花瓣的调色板

水牛裂开圆柱

红色的偶像
我们选择你气息中刺激的褶皱
作为我们之联系的测量单位

在上浆的灯塔衣领
你系上铁和铅
那颂歌的圆点领带

痛苦在每个停靠站计数自己的
秃鹫　它们的号衣上缀满珍珠

确凿的沉默
恐惧为钉子而备
四壁羡慕
死者说谎

我们曾目睹暴风雨在苦恼的屋顶上铺砌石板
目睹峭壁上的礼拜天
目睹哽咽在虚空中镶嵌其彩画玻璃窗

我们曾目睹备受瞩目的草料般的岁月

向夏日播撒其灰烬的香豌豆

我们曾目睹虎群在酷热中刻下自己的爪痕

我们曾目睹拳头深吸一口气

似复仇的松鼠直抵云霄

我们曾目睹树林侵害自己的弓

诗是条条道路卷入的

桩桩冲突之根源的残骸

堡垒中

自然统驭永恒

鸱鸮戴着魔术师们

沉重的钥匙当作项链

诗是洞穴四周

牵住从偶像到狮群的皮带

请

置身于大胆的梦游者，受连累的难题

置身于被割断记忆的斑马群之奔跑

置身于被践踏之镜解脱了的植物

请
置身于森林棕色梦幻的不愈伤口

你眼中观察着
你同时代的炭笔画中
充满灵感的少女

堡垒是缠裹在我们
旗帜里的你的命运
被数个世纪包围

我们为饥饿锻造
一把火炬的凿子
镶着精美的雷电流苏

往昔从手中流过

你边走边拨开
小棍般纤弱的睫毛
偶像对回声
打出平庸的手势

四 季

年年冬季的雪下
大地焚毁了自己的老生常谈
夏季，透明的蛋壳
夏季，为秃鹰的神秘飞翔

长着尘埃翅膀的女人
在氰化物般的平胸

夏季，一蓬鬼火般的毛发
从惊怖骇人的颈项竖起

树之欢喜，承认换了树叶
怪兽，脚下卧着谜语

夏季，市长大人肚皮上轻灵的钥匙
被掩埋的城市和将临城市的钥匙
一把唯一的钥匙，为如此多的城门而备

时光焚毁了自己的城池
自己的村庄，自己的苍茫林木

秋季令灌木丛落泪
也令其双亲的幽灵伤悲

与死亡暴风雨般的接触
时光焚毁了自己的手指

所有的窗子空空荡荡
母鸡在梦中啄食谷粒
梦中止了每条路的平庸

天空淹死了自己二十岁的相册
恐惧令裂缝里的灵魂脸红
面部的刀伤是皱纹　痛苦仇已报
嘴唇却缺乏嗫嚅的勇气

优雅的时光绑上
护腿，戴上手套
为了向哑巴们向那个瞎子
诉说隐情

石头为爱人们献上
自己各时代的唯一肖像
章鱼则奉上海难时自己的幸福经历

那么多鱼如此

好捉

在各种声响中摇头摆尾

现身的词语发现了大海

无限开言　话语焦黑

白昼里，携着永恒之剪的男人

剪下一道自己尺码的影子

这复制品，这温柔的巨人长着尘土之眼

在没耐心的地层有着常春藤的拇指

明天是个无遮无盖的外省

无青葱绿叶，无沁人香氛

一口被自己的水出卖的井

干渴的脚步被希望挖空

我和沉默在青草与空气中

制造的不情愿的声音同行

我和风与拱顶古老的晕眩

同行　旅行者最后的歇脚

之地　血在花中

吸血鬼们常在花园恣意穿行

明天是一个没有上帝选民的荒漠
诀别孵化着自己的葡萄
美酒徒劳地繁殖自己的
叶片　明天引导着
每块界石的目光

冬季在第一个客栈
焚毁了自己的美酒

春季以自己的万紫千红
和铜争抢的斜坡匹配

逃避时光的同时
你丢掉了自己的家园

明天是每个楼梯转角
都能瞥见的一片海滩
是梦慵懒的空虚中
一缕绝望的发辫
明天，为了你，我在
回忆的滔天巨浪中

在乳房倨傲的自我毁灭中
期待的你

乳汁在大洋中翻滚
如雪貂裹在自己的毛皮里

天上众星
像簇簇骄傲的花束
在你手中

你是火疯狂的青春
防火带的苦恼深渊

花茎撕开了孤独的绿色面纱
救世主歪斜的头上缺少王冠

沉默的代价

哭喊令声音飞迸

像石头喷水

旋即无声

哭喊是一把刀

尖利无柄

手追逐利刃

像波浪追逐河岸的幻影

并深潜其中

我们在水底杀戮

血，美丽而无名的湖，是沉默的

代价

世界的变形

火焰坚持的要点
一清二楚
启程的时刻已确定在比赛翌日
侏儒们以手指触及四季的肚脐
我们为之欢呼
鸟儿们参与世界的变形
飞走，是为了让众星终得展翅
头朝下，脚便不再有存在的理由
除非破云而出
幢幢房屋起火　人并未祈求
将如此多的热留给自己
可是……

被褫夺的片刻

那耗尽的片刻,被切断了
与骄傲血统的联系
被切断了与或黑或白、露出
累累伤痕之祖先的联系
黄金有模仿的天赋,有
对糟糕岁月的饥渴

在你的门槛上,你将了解
那个留给我们活着的片刻

异乡人

万物搔首弄姿
彰显出自己的本性
世界是个小圈子
异乡人难被理解
人们指责他的言谈举止
他宽忍得彬彬有礼
收获的唯有辱骂和威胁

海基之上
——献给菲利普·勒贝罗尔[①]

海基之上

声响平复热血

裸女,手势与浪涛

和谐一致,裸女,手势

被泡沫环绕

狂怒的她们是海岛的女主人

岛上,柔和的花岗岩松树

却长着树叶和果实

大洋,我们的犹疑和伤痛在此终结

仅此一次便永恒地标记出我的生命

奴隶营里,铃铛像新生儿般

淌着口涎　需要墙壁般的

耐心,以铅,以铁,留住苦役犯们的

信心　还需要迷途之小溪

项圈上的死亡

海基之上

太阳是一只被风陶醉的

[①] 菲利普·勒贝罗尔（Philippe Rebeyrol,？—2013）,法国外交官,1975—1980年曾任法国驻突尼斯大使。

秃鹫

田野之水上

再没有泪水绽放

被出卖的小径上,再没有反抗出没

我对你们说过,路已留痕

而诗人们的足迹确凿无疑

生存的忧虑是一朵被感知的花朵

其形,其香,是具体的流放地

梦端坐于它的两个刽子手之间

而正是他们面色苍白

死亡的面具

死亡的面具

重新找到自己的源头

石头在人们旅行之地掘洞

律法打破了傲慢的

强大堤坝　路交叉于

水流目瞪口呆的中心

律法是一种三分法则

与夜晚在密谋房间里的

灯光魔术同样简单

抵达白昼前你将长睡

我将隔绝你的梦，像大海隔绝荒岛

你将与地球仪在交换的过滤小径

一同入睡　但你的双眼只有一道

目光

死亡的面具

重新找到从传说中

借来的相貌

为了去死，画家

跪在一道精致箭头的阴影前

把它制成画笔

你将与遗忘一同入睡
那是灯火通明的广场上
男人之夜的喷泉
你将入睡,似翻落的船桨
小船被留给它自己

城市之钥

二

　　第一个声音

最后的血之审判中,严重失忆的王子
在满满都是手的云里
在被雄性呻吟一再打断的邪恶走廊里
在蓝天有时勾勒出的哭喊的航迹里

　　第二个声音

为黎明之海胆丰饶的午休,诸海的睡眠大师
在那隐身人的心里,其光芒难以预料
在有待重建又复被拆的世界那嗥叫的中心

　　第一个声音

没落白昼的王子　大门一旦强行打开你的奥秘
点燃自己翅膀的蝴蝶步着致命之鼓的节奏
孔雀露出作为被围捕的小姑娘们说书人的诸般无辜面孔

长出陷入不可能之自爱中的成千上万只昆虫的脚爪

  第二个声音

强势根基的王子，城市规划智者的对头
淤泥没颈的陡峭河岸，鳄鱼在此放声大笑
饥馁了午夜之豹，你惊愕的痛苦令其覆满星光
你统治每座穹顶，每条干渴的道路
座座傲慢的钟楼之极度痛苦的天空之靶的王子

  第一个声音

河流和嘶哑之明镜的永恒告别的大师
向你纯贞理性致敬的时刻来临，它的舞蹈
弥漫在你的鸟儿的宫殿
在顶峰绛紫色的痛苦中，在采石场抽搐的黄金里
变为向沉默应许之烛的上千对夫妻，挑战
作为你荣耀的那数个世纪

  第一个和第二个声音

从此，你是否仍将抗拒未来

二

第三个声音

故意的游手好闲
你的无用的行囊

第四个声音

狂热计点着我们
哭喊给河堤培土

第三个声音

闪电睡觉时
你的弓，那匹白马
便是九验法①

第四个声音

不期而遇

---

① 九验法（la prevue par neuf），即弃九验算法，又称九余数法，是依据九余数的特点用来检验加减乘除四则运算是否正确的一种验算方法。

征象的章鱼
便是九验法

第三个声音

超自然的招贴画
带着郊区的笑声
带着柜台的困意

第四个声音

你的空间已被算定
别针般胸乳的母亲
阳光在奶水中

第三个声音

自尽的海绵
未料到的壁画
骰子的脚后跟下
辅音缺失
厌腻的银莲花里
没有回忆

　　　　第四个声音

白鹭尾巴上的城市
长着硫黄的鳍
水下，火柴
从一个溺水者到另一个
导引着自己的迷惘
一年中，从第一个
到最后一个听命的字母
被解救的河岸

　　　　第三个声音

倚着自己话语的城市
条条街巷，声带
沉默，替罪羊

　　　三

　　　　第一个声音

你好，饥饿的小广告
从路灯柱上除去的面包屑

第二个声音

你好，失眠的葡萄
影与光争抢葡萄藤

第一个声音

你好，仙境的苍鹰
天真的心中玩着游戏

第二个声音

你好，雪鞋和彗星
街区间交换着自己的新鲜事物

第一个声音

你好，海藻拥趸们的车站
人行道是被剥夺的海滩

第二个声音

你好，迟疑的紫色鳌虾

分泌毒液的剧痛活在海里

四

  第三个声音

我看到
巫婆将自己的发辫系上穹顶的卷叶花饰
并摆动怪异的三角帽

  第四个声音

我看到
拾荒者遮住鸟儿们用喙撰写的
黄色小册子的天空

  第三个声音

我看到
黎明时，在枝杈最后的紧紧搂抱里
娼妇们将自己的伤心事缝进树木的树脂伤口

第四个声音

我看到
那小学生烧掉自己的书本，重返城里
两座回声牢狱间被给予的空间

　　　　五

　　　　第五个声音

　　你的名字，我当时宣告给了城里的每池水塘和追随你的每根廊柱——因为你属于雕像的世界——这些巨大而熟悉的树干，在那儿，我相信，就像一阵痛楚，我读出了它们的生命旅程中注定凄楚的衰老，以及它们在你脸上留下的疯狂的魔力。亲爱的，这只能是令人感喟的爱情，我已准备好在你掌心里痛饮我们的命运之泉。

　　我凝视着你，就好像你正在自己身上编织着出走的亚麻裙，而一旦完成，我就要将它撕毁。你对此心知肚明，且为了助我的双手一臂之力，你竭力使它们极度亢奋。

　　这件衣裳从哪几缕线开始编织？男人们的欲望，魔鬼的笑声，白昼善变的发辫，你为了把它打造成最恐怖的华丽服饰，不会忽略任何一件武器。

第六个声音

你的秀发守卫着鲜血隐秘的嗜好。

第八个声音

黑夜有自己为水之双眼备下的珍珠,由夜枭压印于羽毛水塘的心里;在那儿,你长久地眺望着黑夜向死亡之歌敞开,那鲜血之外、感觉之外的你的替身现身于无垠的草坪之硫黄穿透的冰冻清晨;而这是偶然之刀的无情打击,是某一类狂怒的植物向天空、向天空的明亮马甲发起的猛烈攻击,那天空正被阴影沿着长有一百零一只光之角的堤坝上炫耀,在心醉神迷中、在每条富于征兆的泥泞石板路上发出反光;在那儿,就如同在一块交织着尊贵的声音、因蚁群和麇集的苍蝇而褪色的地毯上,自内心听从虔信的但却被长着蜜牙的波浪之锯无情吞食的殷实上衣中弥漫的虔诚钟声的茉莉花的召唤,你以大海的小麦、铁锹和蓝色大麦为赎金,为思乡的海难和引人入胜的探险而从自己的肺腑中诞生,直至玫瑰吸进一碗蒜藜芦的精华;而且,在那儿,那精华也被一位疯狂的贞女为治病而呑食,她被平原上的嫉恨之风、被头戴面具的骑兵捕获的狂躁马群所蹂躏,那些马正被赶往日暮之城,用来诱捕在木瘤和水獭小径四周出没的皮之鼠;当电光似触电的长矛刺穿人们选作屋瓦的石板球状体时,当人们急于庇护那些尚待生存却又神秘地卷入梦之边缘的上千个时光碎屑时,世上四位荣耀的王后甩出其招牌的一击作为强有力辩驳的赌注,即一齐被夹进精神海绵里,在挤榨海绵的同时,依其意愿在自己有毒的捕雀罗网里奴役人造天堂的黄色牡蛎。

> 第六个声音

> 我有众幽灵作为朋友
> 有宇宙作为不在场的证据
> 我有一位皮提亚① 作为替身

> 六

> 第一个声音

> 每个歇脚处便有一座岛
> 在众桨手当中

> 第二个声音

> 今晚你将独自来么
> 脖子上围着你的纱巾
> 戴着你大洋之皮的手套
> 穿着你的睡眠的蓝鞋

---

① 皮提亚（pythie），希腊神话中在德尔斐（Delphi）的阿波罗神庙里宣示阿波罗神谕的女祭司。

第一个声音

植物的雨之项链
宏大的长裙之梦
树木对此有些起疑

天空袒露的胸肩
蝴蝶即是胸针
蜥蜴别针适用于
众石头的便装

第二个声音

今晚你将独自来么
带着你冰的牙齿
你的传说之盐

第一个和第二个声音

我们相拥着游荡
陌生于我们的双眼
无目的且又无声
把记忆留给彩虹

回声

告白的枕边

未完成的句子

七

第三个声音

四壁的健康

处处一样

第四个声音

罗网的音乐

幼虫的小提琴

第一个声音

它掠过清泉

建立起秩序

它掠过裸肩

驯服的女人

第四个声音

死者们自有其牵拽绳

在脖颈，在脚踝

死者们自有其承诺

强迫我们牵拽

第一个声音

在鸦片烟馆

我们为乌龟祈祷

在鹰爪窝棚

我们为秃鹫祈祷

第三个声音

死者们自有其财产

积攒下的埃居[①]

沙，听觉

---

① 埃居（écu），法国古钱币名，种类很多，价值不一。

第二个声音

雪，味觉

第一个声音

海，视觉

第四个声音

风，嗅觉

第三个声音

影，触觉

第二个声音

与沼泽同眠
与缆绳和腐殖物同眠
在一个个夜的背上入睡
月亮，牝马臀

第一个声音

月亮,游荡的残肢

回声

增多的手
大门的粉色把手

八

第七个声音

枭首的蛇
吊死鬼的遗嘱

第八个声音

夏,橄榄之核
被觊觎的念珠

第三个声音

黄昏,巨蚊的
圆形剧场
演员是牺牲品

第七个声音

我们没想到杀死一只鸽子这么快

第四个声音

水塘,鸸鹋
无意义的期待

第七个声音

我们没想到摘下一颗星这么小

第八个声音

迈着贪婪的脚步
蹑手蹑脚

人
抹去
人
抹去
水
空气

第七个声音

泊位尽头,让鱼变青

第四个声音

每道菜,每一刻,自有其苍鹭

第三个声音

让根系无声延伸
让鲜花一夕烟熏
让希腊火硝之珊瑚
与激动的波浪交合

第四个声音

断奶之唇的四月
耀眼的酒杯鳞片
一曲味觉的赞歌

第三个声音

灰烬底部的诡计
是在城市的中心
废弃庭院的中心
被快乐森林的边缘
被丝绸的罗盘
被我超粗的脖子
缠裹的美腿

第七个声音

古老的灯塔,方尖碑
在港口流动、熄灭

第八个声音

高傲的雏菊
方向的十字路口
落叶的京城
你花园里的一根骨头
一个词语为了另一个
出发，回返
在深渊的中心
虚空之鳏夫的喟叹

九

第一个声音

成为色彩的鬓角，成为那鬓角的皮肤

第二个声音

成为手的火炉，成为那火炉的面饼

第三个声音

成为年轮的飞跃,成为那飞跃的华饰

第四个声音

成为画笔的鸟笼,成为那鸟笼里的燕雀

第五个声音

成为鹳鸟的字母表,成为那字母表的梦

所有声音

从此,让我们憧憬未来

桨的密谈

桨的密谈
事关征服流水　那
秘密在林中，话语
急于让波浪哺乳自己
俯身吧，向着大海，双唇微启
俯身吧，向着梦为了贝壳而淹没的
阴柔的沙之无限
莫测高深的雄鸡没想到，死亡
早晚把它们交还给太阳

破碎的屏幕

我看到死者们第二次死去
躺在海上
我看到死者们在发明桥梁
你若经过
我会跟随你　两团火之间
两堆柴之间，总有
一个风暴的或石板的帝国
一种从游鱼或飞燕的药瓶中
待饮的毒之狂醉　你若
经过，我会是你脚步的打算
串起神秘的执着，我会用
必需的时间凝视你的脸
岁月指望着声音消亡的
尽头　随后一切皆黑　我看到死者们
用我们的肺呼吸，其下的大海
永续自己的气息，此时，你正为
每一只天线拼凑出一块忍耐的破碎的
屏幕

大洪水后

和平在矛盾的
密钥里，在稍纵即逝之光的
硫黄里　你在那儿
稍停片刻　蓝色的荒漠
有雨的沙丘　有求必应的干渴
空间是道缺口　你在没有城墙的夜里
燃烧　借你的燃油
借中间绽放的火芯我看见
借你的爱我看见　大洪水后
那只和平的幼鹊
辉映着我们眼中五彩缤纷的喜悦

阴影的中心

(1955)

献给加布里埃尔·布努尔

生的机会

一

头发

白昼的黑夜的机会
系于一发
呵,为钟爱的
一丝秀发,竟有如许
周而复始的考验

耳朵

所有字行都有地平线
每一字模皆有只蜜蜂
在大海在荒漠怀抱希望
忍耐的岁月,一只耳朵

嘴

片刻的奇迹
唇为之着色
我们是要活着的两片
诸般话语的渴望

颈项

天空留在沙上的
痕迹，温顺的肉体
直至天使最后之飞升的
玫瑰色回忆

肩膀

从一座桥拱到另一座
释放出的哭喊
慷慨的河
流向野兽的嗅觉

喉咙

两股火焰,如
两种心爱的声音
如许之光芒
令白昼吃惊

腰

她为遗忘辩护
知识的罪过
形式的童年
肉身有自己的同谋

手

携微妙之镜的云彩
被激情的光线刺破
它为了夏季而消失
赠暴风雨一个王国

　　　　脚踝

它将果实系于
粗壮的根
将星星系于大地
将泉水系于太阳

　　二

　　　　镜子

路灯睡了
在空间拉长

对路人如此暗弱的
是梦的光芒

河堤上的月光
是一件被遗忘的工具

夜枭
两岸间的

信使

呵，涨水了
美丽的夜
泛滥

　　果实

在温柔的爱里抬起
被奴役的翅膀
枝丫充当了果实的
乳母，而谦卑的枝条
取代了乳房　肉身
被肉身出卖　黑夜
啮噬心灵　白昼啮噬
皮肤　残障的味觉
信仰上苍

　　钟

它缠裹起风
地狱是一根被青铜
纠缠的骨头

伤口在众海之上

嗥叫

悬在眼皮上的眸子

嗥叫

那沉默

坐在泉水窘窄的

行走当中

如唱诗班的童子

为淹没的教堂而哭

　　　钥匙

作为自身之技艺的牺牲

它每一次转头的动作

都是一次

给予目光的

生或死的机会

　　　三

　　　狗

比目光更温柔的舌头

男人的影子
是他自己
爱的影子

比爪子更温柔的目光

而尾巴
喑哑的
简单语句

乌龟

慢吞吞
像守时的
指针，它摧毁
多石之夜的
静止
变为路
目标是因长着
巨大鳞甲的期待
而开裂的石榴
令火塘气馁的

干渴有一双

沮丧的眼睛

蚂蚁

这世代的佃农

依傍着土地

夏天是那只雄鸡

它与根那大胆的

景致一起

拼读着昨天

和明天的树

额前是一颗

守本分的珍珠

羚羊

以白昼之红棕色的信条

它赢得死亡

优雅而略带天真地

进入两次降临

残忍的隼之猎物

游牧者爱的馈赠

在它紧闭的、编织出的双眼中
梦在摇摆
太阳在自己的吊床里

鲸

黄昏的鲸
神奇的喷泉
喷出的泉水是
呼吸
我们在它四周起舞
大海的喜悦
点燃的浪
面具脱落
它与那时辰和那
最后的梦游者
一同消失

飞蛾

头顶着光
它避开自己的双眼
担心死去

火更旺了

当它有了

初恋的形状

彗发①之鹗

算命的女人
轻信的夜向她问卜

关于死者关于先知关于海滨
明天是一卷泡沫的书

不耐烦的她剥去被命名
之星辰的外壳，其座座花园
和湖泊是尘世的副本

深渊的姊妹
以喙一啄
唤醒那源头

---

① 彗发（chevelure de comètes），环绕在彗核周围的球状云气。彗星在绕太阳的轨道上运转，当接近太阳时，太阳的热力会使彗核物质熔解并升华为气体，就形成了彗发。

联系与时光

一

门

阴影独自留在

清晨中间

阳光拍打门槛

不安的眼窥视时辰

在那儿，人向后继者

让步　你

向生命中来去

无言地面对吸食

生命之骨髓的盐与火

在这儿，你是主人

有待经历那一幕戏一场梦的生活

大戏伴着孤独

开场

桌子

黑暗的宇宙一片荒芜
双肘在此沉陷
太阳，受神灵启示的王子
它的大地是梦

椅子

影子的脚，被逝去的时光
钉住的时辰的椅背
脚步缺失的时候
路是一阵大风

床

你们为入夜而眠
我们在那儿将阳光普照
但从来没有一首牧歌
曾惧怕过海难

箱子

月亮是封存秘密的锁
白昼是箱子
黑夜是埋藏的宝物
人没有半点秘密

灯

蜜蜂嗡嗡回巢之时
玫瑰垂头丧气
曙光静悄悄地摘去
最后之灯光的花瓣

屋顶

我们的家园以我们的爱
武装,当那时辰来临
一座座山峰将揭开
希望之深渊的面具

二

　　花冠

它交换联系
不可能的话语
死亡的诸般武器
是它的爱之双翼

　　莒兰

高傲地全然呈现
它血淌欲望的
两极，海难的黑土地
喷涌的花

　　花粉

灵魂的伤口，植物
身处险境的呼唤
众神所到之处
花冠姹紫嫣红

向日葵

它的美存于诗韵
眸子的狂欢之女
它燃烧并开枝散叶
它的信念点燃天空

花茎

绿色的,却无回忆
被当作枕边的花
一座座空中花园倾圮时
它在做梦

睡莲

在泥泞的河岸
一面面镜子将它争抢
它体验水中的航行
感受到水中星辰的兴奋

晚香玉

孩子任性的发辫

气息令它心动

它与夜色分享

秘密的纯净

众花之名

众花之名，皆为面具

它们的性中，剑戟林立

它们比水流还要善变

它们因蓝天而生，而死

三

长颈鹿

沉睡中

有只长颈鹿

沿着颈部

富有生命力的颈饰

我们迷失的双眼

它环游于

沉默

在无语的众星上

睡去　白昼里，它

与云彩絮语

长颈鹿之二

动物园中

有只长颈鹿

过路的鸟儿

在它脖子上

添加了一列阴影

从地面到天空

草是饥饿

也是语言

食蚁兽

毛茸茸的命定之夜

是秩序和虚无

黏黏的婚礼

夜色游荡，盘算

对蚂蚁,绝无任何
错误的出口　永恒的
阶梯,有待翻越的
高高的光明

公牛

节日般的斗牛场,斗牛士
之夜　投枪
一次次投出,在地面闪光
公牛的胜利
太阳顶着冒烟的犄角
强行统治的一日
在黄昏,新偶像
以其精确的一剑
将那庞然大物淹没在它自己的血中

章鱼

戴上嚼子的火苗
水有自己的烧伤
疯狂之爱的花
在邪恶的唇上

一个男人，一只飞蝇
在敞开的靶子里
为了这苦涩的夜
恐怖的太阳
谱写由死亡
转调的乐章

朝圣者

你永远都走不了太远
朝圣者,你这想刺穿天际的疯子
曾经熟悉的大地是一座牢狱
铁窗是所有要计算在内的路
你永远都梦不到太多
大海这仇敌不可理喻
可天空,那难以捉摸的湛蓝天空
是充满爱意的石头的一声克制的
低语,却被时间化为界石

词语的白与符号的黑

(1953—1956)

献给让·格勒尼耶①

---

① 让·格勒尼耶（Jean Grenier, 1898—1971），法国哲学家、文学家，加缪的哲学老师。

在我们的传奇上树碑立传

奢华的家园

一

一座奢华的家园,以群鸟为窗。
(纯洁的森林之色彩,羽翼的陶醉中那斑马纹的芬芳。)

夜在手心里。(在眼睛的闪光中,也很好。)

宇宙的边界:每一道边界皆是无限的萌芽。

(她躺着,她聆听,在一波破碎的水声中,在她的床上,她聆听波纹展开涟漪,又向河岸抛回被冒犯之自由的一抹抹落日余晖。)

我们在欠伸之间制造阴影。

(小姑娘,在那场圈舞中,无臂的清晨以残疾的笨拙令她烦乱。
从大地上,她是否还能想起路上气喘吁吁、跌跌撞撞的铁环的那一声笑,想起她手托沾满尘土的帷幔直至黎明时的那一声叹息?)

四壁，一点一点地，松开了自己的怀抱，因为石头的心里没有永恒的爱。一堵一堵地，它们在颓圮中重又发现了自己之命运的无名。

二

脚步是期待中的屋顶。行进时，我剥夺了被我双脚抛弃的地面的热情。

三

我移动得比眼眸应许给我的更远。（彼处，昏暗变成无理性的阶梯，变为在浅海翱翔的晕眩。）

透明的年代萦绕于人类的记忆。
一场场大战对其幻象颇有助益。

你的秀发是我之绝望的细长光晕。（你的脸是诞生清晨的星星么？）

双手攀爬着，像野人似的，直至地狱敞开，绝无任何路人的猜疑，路人之心有旁骛，皆因划破长空的那灯火通明的光阴波动的褶皱而起。

四

（面对孩子们梦想中极具灵感的木偶戏，应当接受我们在这个世界的缺席，接受我们令人欣慰的保证。应当接受我们这些往来奔波的笨重造物各自的不真实。）

五

在通往峰顶之内地的洁白道路上，我找到了你。

当时我们是否知道，在我们力量的顶点，我们应当跌落于再生之水，如痛苦的锚头？

六

雨锤打爱情浑圆的肚子。
（暴风雨满心责难。）

立起，稳扎下盘，人挑战霹雳。

在大脚趾和伸出的食指间，太阳指点观看。

种族的起源

前额是发潮的耐心;双眼是放大的欲望;脚和手,一个男人生气勃勃的冒险。

(星辰从其遥远的国度前来,构成重新发现的诸世纪那庄严的行列。)

从根茎到果实,鬓角绿了,眉毛金黄。

时间是玫瑰的花束,酒浆向圣诞树的允诺闪光,靠近大海的地方,是我们杂乱身影的足迹。

面具与岁月

一

我们不在空心石上造屋。(在峰巅之雪上是否造得更少?)

随着目标日渐淡薄,回忆目睹其对人的影响力日增。

(无休止展示力量的高墙。只须一滴眼泪的固执,只须空气中一根莽撞的麦秆,便足以让伤口变得致命。)

明天是窃贼日。

在我们多重复杂的面孔中,只有唯一在坚持;礁石上倚着大海的疲惫。

二

海港守护着自己的话语。(它也守护溺死者们的救生圈么?)

渊薮的边缘,是微光闪烁的流亡的花环。

死者与我们一起参与那划破空间的分叉谜题的诞生。

物质的变形

有个人在集市上举起大地。

(汗水,一滴一滴,形成湖泊,湖水里,那些咨啬的白杨,往昔的守夜人,在顾影自叹。)

女人们荡起秋千。(天空中,只有随风摆动之短裙的沙沙声,撩人的肉身权杖。)

心是我们这个纪元门槛上的一道拱门,是那位女占卜师指间的一只雄辩的贝壳(对她自己而言)。

扬声器为音乐和哭喊中不同寻常的世界而争吵不休,在那儿,人类的声音承认了自己丢脸的失败。

因强暴和空虚而引人入胜的斗鸡。

一盏路灯,点数着自己颈圈上的黄色珍珠。

街巷是血之网。但又有谁能阻止它想为荒漠解渴那执着的欲望?

音乐会之夜或陌生的词语

             天空,即是缺席。

                *

             作曲家以时光演奏。

  词语,既有那种用来役使并要为其提供食宿的词语(即反映人之善意的那些词语,如"自由""爱情"和"痛苦"),也有那种被指派干些徒劳无功的活计的词语。有时,被指定当班的那个词语站烦了,会抢下一把椅子,坐一坐,吸支烟。这便是奴隶的反抗。

    有
    那种词语
    以其能力
    慷慨奉献丰富的词语
    那词语如供给者,供血
    供水
    供火
    有那种镜像的词语

          雄鹿自有其王冠
          珍珠自有其猎犬

新娘颈上的项链
丘陵脚下的清泉

有那种仅值一文的词语,初开的
紫罗兰
那词语 为了上帝的爱
仁慈的上天将把它还给你们
有那种词语
是穷人的那份

         两世界间花饰的华丽马车
         将车轮上的零钱施舍乞丐

有那种耐心的词语,不安的
词语
引发质疑的词语
白昼的
黑夜的精神
有那种引发质疑的

词语

> 喜鹊在与大象争吵
> 大睁其蝼蚁的眼眸

有那种异乡的词语,那词语
我向您致敬我的上帝
我向你们致敬勇敢的人民
灰烬和出路
有那种词语,历史的
标记
犬蔷薇花的遗存

来自坍塌之城堡的异乡人。犬蔷薇花是被淹没的世界里唯一的遗存,波浪的标记。白昼不再挥霍自己的黄金。行进中的耳畔,那咝咝响着汱水的,是蛇。水付出光的代价,伤口变为鲜血。

来自古老之大海、盐之破碎文字的盲目的异乡人,他对字符的盲从,正是从诗歌中获得解放的那种盲从。

有那种词语,似中文的
影子
矿井里的火把
令人惊叹的

矩阵词语

诗人即是它的诗。它给天赐的奇遇赋予语言的肉身。在宇宙巨大的贝壳中，它就是精心编缀无限之珠的那种荒诞且始终因珠母而焕然一新的尝试。

> 有那种伴侣的词语
> 创世的词语
> 有那种枝枝杈杈的词语
> 命中注定的一个个字母
> 圣经的澄澈

原初存在的词语，是那个男人。他为认知自我而焦虑，于是拼读出了塑造自己的那四个字母，第一次，他听到了自己的名字：亚当[①]。

他倍感孤独，便幻想用陌生的字母拼写出一个比自己更复杂的生命。面朝大海，他用一根手指在沙滩上画出了那生命的形状，于是，宇宙中，莉莉丝[②]在他的声音里出现了。

随着时光的推移，他又知道为了自己的欢乐，可以创造出一个有血

[①] "亚当"（Adam）由四个字母组成。
[②] 莉莉丝（Lilith），犹太教神话中的人物。据犹太教神秘哲学——喀巴拉（la Kabbale）对《旧约》的解释，莉莉丝是伊甸园中的第一个女人，是亚当的第一个妻子，由上帝用泥土所造，后因不满于上帝和亚当而离开伊甸园。在亚当的求告下，上帝从亚当肋骨中另造出夏娃（Eve）以代替莉莉丝。

有肉的伴侣。这就是那个乖巧而柔弱的夏娃①,是从风中抓来的三个字母。

但他在爱抚中很快发现,夏娃极其狡猾。她独自发现了智慧树,于是亚当与智慧树共同拥有了那个最美丽的大写字母②,他把这第一个字母刻在了石头上。夏娃给亚当送来了那只第三个字母重叠的水果,那字母认出了亚当,因为山峦曾经启示过它③。亚当大口地啃着那只水果,于是尝到了受难的滋味。与夏娃和七个字母的蛇④(相当于一周七天)在一起,亚当为未来的诗人们的荣耀创造出了一张令他们引以为傲的字母表。

为了他的所失以及他们的痛苦。

有那种摆渡者的词语
夜晚的线

针穿过意象,羊毛的殊荣。

有那种神话的词语
太阳的琥珀

---

① "夏娃"(Eve)由三个字母组成。
② 法语中,"智慧树"(Arbre)与"亚当"(Adam)的第一个字母均为大写的"A"。
③ 法语中,"苹果"(pomme)一词的第三、四个字母是两个重叠的"m","山峦"(montagne)一词的首个字母也是"m",故而诗人说"因为山峦曾经启示过它"。
④ 法语中,"蛇"(serpent)由七个字母组成。

> 有那种界石的词语
> 血淋淋的失败

我们无法摧毁一部神话,就像无法抹去金光大道上某个行走的人的影子;这就好似想以否定造出影子的那个人为借口,来反驳让影子出现的路和太阳一样。

> 有那种铁锚的词语
> 章鱼和证据
> 有那种披巾的词语
> 哀婉的呼唤

词语萦绕词语。作为字母的囚徒,字母将其创制为某种在悠闲的大海上至高无上的希望,并赋予其生命——如同人建构自己的躯体或身份。如此多的写作问题招致方方面面的敌意。首先是沟通和观念交流方面的敌意。词语是观念的宿敌。观念则是原罪。随着作家对自己写作艺术的觉醒,词语对自由的需求大增。词语发出动人而执着的呼唤。诗人对此做出回应,认为以其角色做出这种回应必不可少。因为它关系到自由。

> 有那种作为词语的词语
> 为成长而苦恼的
> 孩子
> 有那种孩子的词语

之恶

"上帝呵，明天，在学校里，请让我学会拼写'菊花'吧；在这个词不同的拼写方法中，请让我碰上那个对的吧。上帝呵，请让那些组成这个词语的字母来帮我吧，让我写得不多也不少。上帝呵，请让我的老师明白，这可是关系到他钟爱的鲜花，而和那个萦绕在我梦中的、我可以随意给里面的骨头上色并把亡灵和眼眶描上花边的圣体匣无关。"①

> 有那种爱乐的词语
> 激情的节日
> 有那种音乐的词语
> 王公们的秘诀
>
> 石头中的生活的艺术
> 有那种建筑师的词语

对音乐厅而言，牢固的天花板必不可少，当上演曲目单上的作品时，音乐厅的门窗紧闭；因为必得不惜任何代价，阻止那些随意的声响打破长空的恬静。

> 有那种蜂窝的词语

---

① 引自法国哲学家、法兰西学院院士加斯东·巴舍拉（Gaston Bachelard, 1884—1962）的著作《梦幻的诗学》（*La poétique de la rêverie*）。

　　　　纵横四等分的路口
　　　　有那种网络的词语
　　　　丰饶的蜜糖

　　乐声一旦止息，一座音乐厅便成了一座令各路旅行者担心的熙熙攘攘的车站。若无列车幽灵帮忙，就无法辨别一列火车是出发还是到达。

　　　　有那种腰带的词语
　　　　周游世界的时尚
　　　　你们愿意把腰围告诉我么

　　　　有那种警示的词语
　　　　我之诧异

　　戏院因一位美国女士的睫毛而留在了天上。"我可不想去看这场演出，"一位上了年纪的女教师红着脸对自己的侄子说，"我的那些女学生要是知道了我的这次奇遇会怎么想？"

　　"您没有什么可担心的，"年轻人回答，"引座员的手电筒马上就会发现我们。"

　　　　有那种字对字的词语
　　　　镜子的对话

无上装的青蛙在池塘边呱呱不休。"你可以把衣服穿上了，"月亮对它说，"爱情不属于你。"

可蛤蚧正在一旁窥伺，舌头一伸，摘下了月亮。

> 有那种难以成为
> 词语的
> 词语，诗的
> 不幸
> 有那种用于独奏的词语

他试着用四块系在一起的手帕擦干自己心爱的洋娃娃的眼泪，从一只眼擦到另一只眼，如温柔的琴弓。

公众观察着它，甚是困惑。

> 有那种云彩的词语
> 运气的翻转
> 有那种全景的词语
> 真正的假期

乐队指挥手里的指挥棒是一根有争议的避雷针（对公共安全必不可少）。听众的眼皮、雨衣和阳伞的模型。

> 出师不利

> 有那种难觅的
>
> 词语

如果我们想参加车站的通车典礼，那就一秒钟都别耽误。一列蓝色的火车在每只耳边鸣笛。"别哭了，漂亮的陌生女郎。我保证你会有一次出色的旅行。"正需要这种痛苦平息铁轨的怒火。H 先生在人群中挤来挤去。他丢了一只皮箱，恰好是装着大卫王①的那只。瞬间的疏忽会不会拖累三千年的英名？"真荒唐，"这位寿险经纪人说，"敝公司若负全责，肯定倒闭。"视线之外，一对夫妇早在装有玻璃窗的包厢里脸贴脸地微笑。H 先生独自呆立在站台上寻求帮助。但音乐尽管喜欢他，却没有在一旁做出任何善意的举动。

> 有那种诗的词语
>
> 脐带
>
> 有那种词语的
>
> 顽念

要是见不到那位浓妆艳抹、穿着珍稀皮草且香气袭人、所到之处引得音乐厅的常客们频频回首的年轻女人，我是无法静下心来听音乐的。我从不知道她的尊姓大名。她坐在第一排舒适的扶手椅中，专注地看着那位主刀的外科医生指挥他的大作——他在八十个埋头于音符的助手中

---

① 大卫王（le Roi David，公元前 1011—前 971 在位），古以色列的第二任国王。

间，面对虚空，豪情万丈地挥舞着那把滴血的手术刀（迷醉从病人们那儿骗来了多少私情叙事呵）；她被那些殷实的、渴望艳遇的银行家们窥伺着，他们目光中的火花与太太们佩戴的钻饰争辉；众多熟悉的面孔中，从长着鸡头小乳的平庸处女，到已故情人的小照仍挂胸前的受人仰慕的七旬老妪；从退休的将军到浑身不自在的运动员，她的出现都像是一个怪诞的陷阱，威胁着所有人的生活。我是最早揭露她的人。但我忘了她也曾让我坐立不安。所以，为了摆脱这一切，我还得求助于我的笔。

我不愿为分享一小时的欢娱而招致巨大的不幸。

> 有那种讽喻的魔力
> 词语
> 有那种世界的理性
> 词语
> 有那种闪烁星光之裙袍的
> 词语

鸥鹑的裙袍以两千万死者织就。高级时装并非一个无意义的词语。我们没把它制作得更为考究。

> 有那种变节者词语
>
> 我俯身于那遍体细鳞的词语
> 大海中，那词语令人惊异

它在好奇者的指尖结网　它当心那鱼钩么

渔夫是闯入者,是恶魔

我抬眼望向那满身美羽的词语

空间中它固着于一条线,一种惊异

它当心那风雨中的猎人么　那猎枪像雨

长着杀人的眼珠

我出其不意地抓起那词语

它有一座岛之港

长着秘密的沙之腿

一尊风帆的胸像

它有海鸥和空空

巨手的眼

世界在此中避难

我在多少条路上追随那词语

它曾停下过一次对我微笑

它无头

无颈

它无臂

无腿

而我惊愕的嘴巴

调制出它的名字

舞者与峰顶

诗歌如叠嶂的山峦，峰顶高度有别，都由一个或数个魅力无穷的词语构成。

*

虚空打着呼噜，这母兽怡然自得，像眼珠。

每只眼眸，皆有其驯养者。

镰刀收割小麦，而非火焰。

*

缺席现身时，身边总簇拥着众多能使其变为真实的同谋者的面孔；如芭蕾舞女演员置身于放射其魅力的舞台中央。

*

仅一步，多产的荒漠。

火构筑节日。

*

一颗珍珠，当它有了伸出的臂膀，便红着脸径直滚入胸脯深处。

*

可见与不可见争夺清水层，舞者在此张臂深潜。他带回的图像就是每个白昼向人提议的有待重建之世界的图像。

*

舞者发现了相似性，并完成了整合的壮举，若没有他，那些东西或许永远不会相遇：迷失在自我之黑夜里的人和物，禁锢于自身的形体和起源的囚徒；某个感性世界里因迟疑或责任、因必要或无能而彼此相距遥远的残片。他接收到最隐秘的和谐，在质朴的动作中将其破译出来。

*

一种告白是个一解为二的活扣；受到惊吓的一面面镜子的一声低呼。

*

　　秘密是黑夜遮住其目光的一扇扇门。那舞者无意将其揭示，而是叹赏不已地跨了过去。

*

　　舞者和舞蹈之间有一种无法打破的默契；节日和表情之间也存在这样一种秩序。

*

　　舞者轮番创造着自己的艺术并被自己的艺术所创造，他以最轻盈、最激动人心的舞步谱写自己的作品。一声召唤，舞步便如约而至。而这些空间的窝赃者如此吝啬，以至于那旅人每次启程都必须收买它们，迫使它们听话，有的人会说，是舞步们急于聚拢在他四周，撩拨他，说它们急于在路上超过他。在所有舞步赶上舞者之前，应当向它们致敬。

*

　　意象有如那些吃惊的花朵，无论它们是黑是白，我们永远不会知道它们是被舞者从山巅采撷而来，还是被他从自身之孤独那最为壁垒森严的草地一隅劫夺而来。

*

空白页上，诗人重现一位舞者逝去的舞步，梦中，他将那些舞步视作从他笔端跌落的魔力十足的词语。

*

欲摆脱音乐性的语句从舞者的连串跳跃中诞生，逗号们在绝望的跌落中计点自身，而最后的和谐身心俱疲，戛然而止。

*

词语的自由与诗的自由相较量。舞者与书写他的舞蹈也如此较量。

*

诗与舞者都需要巨大的空间进行艺术的组合。

*

水与火追逐着一场由死亡引发的对话。

*

词语征服手。

桨与帆

字母偷窃词语，词语偷窃行窃的意象。

字母向词语撒谎，词语向语句撒谎，语句向撒谎的作者撒谎。

字母梦想词语，词语梦想语句，语句让词语如愿，词语让字母如愿。

字母让词语开腔，词语让意象开腔，意象让岁月开腔。

语句打扮词语，词语打扮字母，字母打扮缺席。

字母耗费词语，词语耗费语句，语句耗费书，书耗费破产的作家。

*

符号与皱纹是同一道墨痕的问与答。

书页对前来冒险的词语永远空白，无论那词语是奴隶还是主人。

*

词语是人的影像:故而,一个他者。

词语是人,他的记忆,他的生成。

词语武装起词语反抗自己。

词语只能借一个词语获救。

每个词语自有其自身的一份墨色。

人依赖人,犹如词语依赖检验它的词语。

*

有一些词语从未触碰过大地。

*

相互寻觅的词语有分手恋人的悲切目光。

词语聚拢在意象四周,像人们围坐饭桌或篝火。

*

话语随呼吸发散。

*

诗拥有强力的火炬，沉醉于自身之自由的词语以此照亮沉沉黑夜。

诗人以标点符号删除自由区时，便在词语间加剧了冲突的动因，或增加了它们亲密协作的机会。

*

在每一个音节上，读者的眼睛都要冒引发火情的风险。

*

水像火一样，亦有其自身的弱点。

梦想植于其根。

风信赖风。

　　　　　　　　　　　　　　一位涂成蓝色的姑娘
　　　　　　　　　　　　　　追随着那回声的曲线

鸟之翼折弯黄昏。

*

蟾蜍们患有焦虑的甲状腺肿大症。

天气使哭喊像钉子般生锈。

　　　　　　　　　　　　　　饥饿自身背负着
　　　　　　　　　　　　　　无数交叉的光线

噪音淌血。

利剑为伤口垂泪。

　　　　　　　　　　　　　　那黑人以其体内的沉沉
　　　　　　　　　　　　　　音色，向黑夜喁喁私语

猎物的双眼在狼的瞌睡中浮现。

石头不顾一切地以肩膀扛起水井。

*

风读进水里。

对教堂的尖塔而言,大地是一张可望而不可即的床。

死者被扰动回忆的水环绕。

*

    叶依着叶
    火靠着火
    水往复拍打
    水

*

词语随身携带书,如同人随身携带宇宙。

阴影对阴影喃喃诉说白昼的秘径。

与词语一道,我们沿深渊而行。第一步走错,或许就万劫不复。

白雪对雪白说着一种稻谷不懂的语言。

词语钟爱晦涩。

白昼萦绕书中。

*

那最后的哭喊便是天真。

*

用一根手指,那孩子旋动起一只只彩色的滚环,这些滚环在人群迷醉的双眼——那孩子的同谋中消失。

溪流的家园倒映在它的每一扇窗中,一如盲目的世界倒映在我们眼中。

意象一旦被征服,就留在了我们的眼中,如大海中的一座岛。

＊

你我的世界在彼此的眼中瞹隔。

＊

一首诗中,激情从一个意象传向另一个,有如那只掠过田野的蝴蝶。

冰上的女舞者在镜面上刻下了一行被判保密的乐句。

风吹在诗题上迫其坚硬,一如人抵御寒冷时之所为。

＊

艺术家组织眼中闪光的生活。

＊

坚信自我之路的散文有别于诗歌,就像被目的地催行的旅人有别于迷醉永不抵达的舞者。

世界与人争夺诗——那朵传闻中生长的玫瑰。

诗是由某种更剧烈的干渴之欲望所解渴的那种干渴。

诗人被缚于诗,一如词语被缚于投射词语之世界的死亡。

诗令词语生命中的某一瞬间、某一微笑、某一邂逅永生。

诗人的首要动作,是在翱翔中抓牢自己幸存的那一部分。

*

词语在诗中之所为,其结果要待遥远的时限到来时方能向我们显现。

*

墨水,词语闪烁的微光。

视觉如声音一样为词语塑形。

话语有声音作为影子。

*

诗在词语中打碎了使意象变形的镜子。

目标的等待没有张力。

墙将希望寄于土地。

*

灵感如花冠和蝴蝶，是诗与对象之间的一首牧歌，话语在其反复无常中忍气吞声。

*

规章：从盐中脱去水的味道。

*

从镜子到镜子，回声看到自己的脸消融。

四壁直面自己空白的词语。

每扇窗都捍卫着自己的风景。

＊

欲望中充斥着能拼写出我们的目标。

目标是我们为达致自我而在狂热的执拗中移动的界石。

有目标就有其牢房。诗人在黑暗中锯断铁窗。

＊

躺在自家屋檐下,是艺术家首要的念想。

＊

正午,海滩上赤裸的思绪人满为患;入夜,复归于沙的边缘。

＊

每一思绪都在其孕育的思想中找寻自己的特征。一如父亲在儿子焦虑的脸上之所为。

※

艺术家将宵禁令强加于思想。

※

如同天空向大海敞开,作品向在其中找寻自我的人敞开。

人与诗皆拥有其逝去者的声音。

如同海难发生时那一刻的大海,历史在殉难者的篇章中抬高嗓门。

人和词语的死亡体验与其勇气成正比。

※

荒漠播放枯燥的词语。

黎明造就雄鸡。

梦描述不幸中的我们。

诗人的记忆是其自己的时光。

诗不改变生活，它交换生活。

我们顺流而下。

*

诗即相似。

在面具和词语世界里的小小漫游

(*1956*)

系牢本性。

空 白 页

它和从枝干伤口中出生的姊妹们同名,那名字,坦诚地说,可读作命运。

它有来自于翅膀的那种实用的轻盈。

它已与作家订婚,但那么多受到启示的告白将它与作家分开,以至于才刚靠近,它却已成为失落之爱的验证。

戏 子

他是这场集会的重点。他令大家惊奇、激动,他强化自己的出场效应。一致的看法是,他是个天生的戏子。

孩提时——评判一个字词的年龄真要以使用频次为标准么?他耽于游戏,经常逃学。

森林里,他为气精[①]和仙女们同时演绎王子们和众乞丐。

他的秘密变成了他的光环的蓝色补水站。此后,他关注取悦于人胜过考察新的面孔——而且,在这一领域他从不缺乏创意——公众正是他

[①] 气精(le sylphe),中世纪高卢和日耳曼神话中的精灵。

的镜廊。

某些他帮着出了名的作家——同时也是讼棍簇拥在他身旁，给他披上无数绶带；诗人们则以孤傲的激情和真实的话语藐视他。

演讲者

他站在讲坛的木制讲台后面。我听他演讲。不再看他。在有规律的间歇中，我听见纸页翻动的声音，仿佛短棹击水。每当停顿，便有一种沉默携着热切的眼神、春天的气息弥漫于椭圆形大厅，弥漫得似乎要爆裂开来，以致有人敏感的嗓子会不同寻常地发痒，并以一阵干咳——虽是意料中事，却也使那倒霉蛋儿的脑袋成为众所惊诧的对象——间接而险恶地打破这一沉默。不时地，也会有某个小女生令人想入非非的颈项让某位听众遐思飞扬，心结暗结，唤醒他需要爱的渴望，就像鱼儿渴望在无限中看到自己的倒影。

他在讲着。似乎对主题胸有成竹。然而，在他跌宕起伏的话语中——他每句话里总有十三或十五次起伏，就像打橄榄球——我感觉他正在找寻那个贴切的词语，即那个——没错，就是那只球——总躲开他的奇迹词语。这并非由于他不知情。他在后面追赶着、跌撞着、晃动着。有那么一会儿工夫，我以为他得手了。可却没有。

于是我想，假如他是个舞者，只要他纵身一跃，就能在空中抓住那个球；假如他是个百米运动员，只要他奋力数秒，便能享受到胜利。可他是个橄榄球员，我无法从脑海中抹去那个惨烈的画面：这位大西洋彼岸年轻的希望之星正要"在对方球门线内带球触地"的瞬间，却因被对方猛地撞了一膀子而倒地身亡。

头 儿

所有词语都想有个头儿。可选哪个好呢？这个头儿应该知道如何要求人们正确地说和写。不是差不多，而是从没有一个词语可以替代另一个词语。一个完美的句子值得长存。元音们梦想找个艺术家，要是个作曲家，更好；辅音们则想找个职业军人。早已分成不同组别的动词们出于其身份的高贵与博学，主张使用虚拟式未完成过去时。而没有候选人的冠词和代词们则以精妙的组合表达出暧昧的希望。它们去请教字母，而人人都知道，字母最吹毛求疵。它们惯以古老的语族争执或偶然邂逅的幸福彰显自己的好恶取向。最终，有个词语因其音节拥有罕见的字母数量而赢得尊重，获得了所有选票；但人们很快便满怀苦涩地发现，这个词语在语言中并非最长。

异乡人

　　他以欲望和墨水为生。他憎恶抄袭的句子和陈词滥调,就像他憎恶聚会——特别是令他双眼发红的童年时那种家庭团聚——以及名人录和报刊一样。没人知道他的出身;而这招致了好事者对他无休止的猜测:他是否是个异乡人——虽然他的口音从未背叛过他——或者是本地公民——那至少还能把他认作亲戚。有些人说他对词语的状况漠不关心,说他是个不可救药的自私鬼;另一些人则正相反,坚持认为他既然与自己的同类保持距离,那是因为他不受待见。有人将此归因于他的若干艳遇,但那全都是些下船后待上一天便再无踪迹的神秘女旅客。哲学家们坦承没办法拉他加入自己的研究。他是偶然从笔端现身的,据说是为了成为诗之谜中的一个而被某个字词的面孔或声音吸引来的,而该字词的诱惑力无人质疑。

登山者

　　山构筑于一个秘密之上,那是脚后拖着绳索和镐头的登山者与被征服的顶峰共同分享的秘密。心最后放飞自己。那反射阳光或点燃夜晚的白雪把它隐藏在世界的凝视中。隔着雪,耳朵贴住岩层,往昔,我曾听到过岩之血的跳动。

　　山的秘密，正是蜂群在因山风枉然劲吹而伏卧的花朵上嗡鸣的沉默。

　　远处，早已现出那人满为患的回归之原野，*话语*，就像缄默枝丫上苦涩的果实，正迫不及待地要去统治人之赤裸。

窥视者

　　若像某些人希望的那样把他看作一个坏蛋，恐怕会犯下严重不公的错误。

　　诗人们试图通过一扇扇紧闭的门钻进去的那个页面，以被那页面征服的眼光看去，揭示了一个诞生出根与众星的宇宙。

　　这世界效法人，与字母表较量；首先是音节，然后是字词。一旦被命名，山峰与海岸只能是顺从的符号。对窥视者而言，根本无须借助墨水辨读这些符号。他终生都在监视着它们。在作家要求收回它们的瞬间，他便松开它们。

　　窥视者是通灵者之友，无形中的一座座共用站台将他们聚合在一起。对这位奥秘的传播者，我们会以哪种道德的名义——赋予道德以生命的词语之道德或否认窥视者的人之道德去审判他呢？如此说来，那些面对两个世界言说的爬行动物和鸟类难道不应当和诗共同分担起对窥视者的这一惩罚么？

魇魔者

为还原那恶魔——即意象——并在墨水边际的此处或彼处恢复恐怖的平衡，着魔的词语跳起了一段魔幻舞蹈，类似于原始部落里围着戴面具的巫师所跳的那种。

以同样的方式。

它们的胸脯和脸上，涂满母羊以自己的奶水、长途奔袭的猎隼以其猎物的乌血沐浴过的清晨的色彩。

仪式结束后，谦卑的字词们重又回归自身，它们在那个时辰里因乔装打扮而获得的能量被其灵魂摆脱。

诗属于明天。

水　手

中途靠港时，本季节里的第二次——有位水手迎着我走来。

我打老远便认出了他，于是放下笔，走出家门，去沙丘上迎接他，坚信他会从远行中给我带回对自己的问题的终极回答。

无知者

　　不知不觉地，他爬上孤独的顶峰，先知们在那儿言说，他不知对一连串的提问应当回答"是"还是"不"，因此他只能碰运气。他既无记忆也无恶意。他很担心，就像闲话里所说的那种假主角，越来越像一只乌鸦而不是一只雄鹰。对他而言，与一个大写的未来相比，树荫下的生活更适合他一百倍。这种运气——或叫晦气——都归因于反复无常，或许还归因于某个不知名作家的学识。

　　无论被传译出的是白昼还是黑夜，他，在自己的光荣或不幸中，都是一个需要沉思的题目。

春之契约

(1957)

一个个词语进入了

矿井巷道，却遗落了

我的声音　沉默打翻

墨水瓶　笔变作残骸

我的两轮太阳，成形的河流

大海悬于树林之上

树叶记得光阴

庆贺它们花开　沉睡是

透明的果实　夜

采撷自树枝　明天

没有影子　我们的传说

是个秘密　晨曦

就这样耗尽，被夺走的

话语在此向从未言说者言说

从虚无中择取一丝血渍

揉皱的纸页，毫无血色的紧攥的

手　告别无止无休

宇宙以遗忘那星星们的营地

维生　人与自然

共享同样的亲情同样的财富

渴望来自尘世　温柔庇护

肉身，石头本身乃是

梦　上百条证据支撑起
条条清澈之泉被窃的
面孔　我们再不知身依
何处，向哪里发光
海滩上，燧石的青春
是荒漠卵石遍地的港口
沙砾见证着你们的
王国中爬虫和失偶的鹰隼
出没　飞逝的
时光激励小学生的翅膀
去追逐色彩，追逐
金环　那啄食眼睛的喙中
是从树干斫下的
树根之毒液中的永恒
我的呻吟是伤口的呻吟
我的歌是欲望的骰子
死水是缺席的主子，另一个
以冰冷为外形的僭主
硫黄随季节而来，预示
灰烬的简单手势
火就在我们的门边
发芽，田地早已交换
供痛苦与希望共轭深耕

像套上铁犁的耕牛

失败一旦被言说，被褫夺的

双手便成为雕刻我们的

手　住过的城市

被奴役的高墙，我在奔跑的

声音里逃离，那声音中震响着

一个借来的名字　我没有土地

除了大地　那白昼因而

找不到缝隙　我没有王牌

只有在坚硬的石板路上

立足的运气

某种宿命与自己的呼吸

寻欢作乐，它的奴隶们的

誓约是散伙的天堂

亭午伴着桨橹的蜃景

弥漫于深耕过的空气　海岸

自有其玻璃的鸟笼

随着每一声哭喊，白昼飞升

散为碎片　那不安的女人发觉

冬天的威胁加剧了

我们的武器那苦涩的低语

那孩子肩担起

自食其力　腰系

种族繁衍之责　那里

有我的爱那受伤的鹰

峰顶变为基座，双唇

交出钥匙　那里

话语是命中注定的

深渊　哀叹是语言

之床，含混声音的河

我的两轮太阳，被俘的一对镜子

雪将自己的秀发拴上

暮色降临的旗杆

头与彩虹、与打开的

书一道，最后一个沦入

黑暗　虚妄的胜利徽章

是奉献给回声的

靶子　手掌伸向猎物

伸向立字为据的春之契约

译后记

20世纪的法国文坛巨星云集，大师辈出。其中，集诗人、作家、哲学和宗教思想家于一身，与让-保罗·萨特、阿尔贝·加缪、克洛德·列维-斯特劳斯并称四大法语作家的埃德蒙·雅贝斯绝对是一位绕不过去的人物。

先看看诸位名家如何评价他吧：

勒内·夏尔[①]说，他的作品"在我们这个时代里是绝无仅有的……"；

加布里埃尔·布努尔[②]说，"信仰的渴望、求真的意志，化作这位诗

[①] 勒内·夏尔（René Char, 1907—1988），法国诗人。年轻时受超现实主义影响，曾与布勒东、艾吕雅合作出版过诗集。第二次世界大战期间参加抵抗运动。法国光复后被授予骑士勋章，并出版多部诗集。1983年，其全部诗作被伽利玛出版社收入"七星文库"出版。

[②] 加布里埃尔·布努尔（Gabriel Bounoure, 1886—1969），法国诗人、作家，雅贝斯的好友。

人前行的内在动力。他的诗弥散出他特有的智慧、特有的风格……";

雅克·德里达^①说,他的作品中"对书写的激情、对文字的厮守……就是一个族群和书写的同命之根……它将'来自那本书的种族……'的历史嫁接于作为文字意义的那个绝对源头之上,也就是说,他将该种族的历史嫁接进了历史性本身……";

哈罗德·布鲁姆[②]将他的《问题之书》和《诗选》列入其《西方正典:伟大作家和不朽作品》(*The Western Canon: The Books and School of the Ages*);

而安德烈·维尔泰[③]则在《与雅贝斯同在》(*Avec Jabès*)一诗中径自表达了对他的钦敬:

> 荒漠之源在圣书里。
> 圣书之源在荒漠中。
> 书写,献给沙和赤裸的光。
> 话语,萦绕孤寂与虚空。
> 遗忘的指间,深邃记忆的回声。
> 创造出的手,探索,涂抹。
> 当绒蓟死去,声音消融。
> 迂回再无踪影。

---

① 雅克·德里达(Jacques Derrida, 1930—2004),法国哲学家、符号学家、文艺理论家和美学家,犹太人,出生于阿尔及利亚,西方解构主义的代表人物。
② 哈罗德·布鲁姆(Harold Bloom, 1930—2019),美国作家、文学评论家。
③ 安德烈·维尔泰(André Velter, 1945—),法国诗人、文学评论家。本诗选自其诗集《孤树》(*L'Arbre-Seul*),法国:伽利玛出版社,1990,第150页。

在你在场的符号里,你质疑。

在你影子的垂落中,你聆听。

在你缺席的门槛上,你目视神凝。

再也没有了难解之谜。

荒漠之源就在你心中。

古人云:"颂其诗,读其书,不知其人,可乎?是以论其世也,是尚友也。"我们只有了解了雅贝斯的生活思想和他写作的时代背景,准确把握其所处时代的脉搏,识之,友之,体味之,或许方能有所共鸣,一窥其作品之堂奥。

埃德蒙·雅贝斯,1912 年 4 月 16 日生于开罗一个讲法语的犹太人家庭,自幼深受法国文化熏陶。年轻时,他目睹自己的姐姐难产而死,受到莫大刺激,从此开始写诗。1929 年起开始发表作品。1935 年与阿莱特·科昂(Arlette Cohen,1914—1992)结婚,婚后首次去巴黎,拜访了久通书信、神交多年的犹太裔诗人马克斯·雅各布①,并与保罗·艾吕雅②结下深厚的

---

① 马克斯·雅各布(Max Jacob,1876—1944),法国诗人、散文家和画家,犹太人,雅贝斯的良师益友,其诗歌兼具立体主义和超现实主义色彩,且有人性和神秘主义倾向,在20 世纪初法国现代诗歌探索阶段曾发挥重要作用。1944 年死于纳粹集中营。
② 保罗·艾吕雅(Paul Éluard,1895—1952),法国诗人。1911 年开始写诗。1920 年与布勒东、阿拉贡等人加入达达主义团体,1924 年参与发起超现实主义运动。第二次世界大战期间参加反法西斯斗争。一生出版诗集数十种。《法国当代诗人》一书评价说,"在所有超现实主义诗人中,保罗·艾吕雅无疑是成就最高的作家之一","他精通如何把'荒谬事物的不断同化'有机地融入他对自由的无比渴望之中"。艾吕雅与雅贝斯私交甚笃,他是最早向世人推介雅贝斯的法国诗人。

友谊。

他与超现实主义诗人群体往来密切,但拒绝加入他们的团体。

第二次世界大战的残酷惨烈令雅贝斯不堪回首。战后的 1945 年,他成为多家法国文学期刊特别是著名的《新法兰西评论》①的撰稿人。

1957 年是雅贝斯一生中最为重要的转折点:1956 年,苏伊士运河危机②爆发,埃及政府宣布驱逐犹太居民,四十五岁的雅贝斯被迫放弃了他在开罗的全部财产,举家流亡法国,定居巴黎,直至去世。惨痛的流亡经历令雅贝斯刻骨铭心,对他此后的思想发展和创作轨迹影响至深。

身在异国他乡,雅贝斯将背井离乡的感受化作文学创作的源泉,他的作品充满了对语言的诘问和对文学的思索,并自觉地向犹太传统文化靠拢。雅贝斯后来谈到,正是这次流亡改变了他的人生,迫使他不得不重新面对并审视自己的犹太人身份,并促使他开始重新研读犹太教经

---

① 《新法兰西评论》(*La Nouvelle Revue française*),法国著名文学刊物,1909 年由诗人、作家安德烈·纪德(André Paul Guillaume Gide,1869—1951)等人创办。
② 苏伊士运河危机(la crise du canal de Suez),又称第二次中东战争、苏伊士运河战争、西奈战役或卡代什行动。1956 年,埃及宣布将苏伊士运河收归国有,英国和法国为夺回苏伊士运河的控制权而与以色列(为打开苏伊士运河使以色列船只得以通航)联合,于 1956 年 10 月 29 日对埃及发动军事行动。在国际社会的普遍指责和美苏两国的巨大压力下,英法两国于 11 月 6 日被迫接受停火决议,以色列也在 11 月 8 日同意撤出西奈半岛。英法两国的军事冒险最终以失败告终,只有以色列在一定程度上达到了自身目的。这次危机也标志着美苏两个超级大国成为主宰中东乃至全世界的力量。

典——《摩西五经》①、《塔木德经》②和犹太教神秘教义"喀巴拉"③。雅贝斯说,在流亡中面对自己犹太人身份的经历以及对犹太教经典教义的研究,正是他此后一系列作品的来源。

1967年,雅贝斯选择加入法国国籍。

雅贝斯是一位书写流亡与荒漠、话语与沉默的作家。针对德国哲学家西奥多·阿多诺关于"奥斯威辛之后没有诗歌"的观点④,雅贝斯认为纳粹大屠杀的惨剧(以及苏伊士运河危机中的排犹色彩)不仅有助于探

---

① 《摩西五经》(Sefer Thora),又称摩西五书、律法书、摩西律法或托拉,是犹太人对《圣经·旧约》最初的五部经典——《创世记》《出埃及记》《利未记》《民数记》和《申命记》——的称呼,是犹太教经典中最重要的部分,同时也是公元前6世纪以前唯一一部希伯来律法汇编,曾作为犹大国的国家法律规范,即便在犹大国亡国后也依旧以习惯法的形式自动调节犹太人的生活。传统上一向认为,这五部经典是摩西接受上帝的启示而撰写的,内容是古代以色列人的民间故事,记载了以色列民族的起源,尤其是创世的上帝对他们的启示,其主要思想包括六个重要的教义:上帝的创世、人的尊严与堕落、上帝的救赎、上帝的拣选、上帝的立约和上帝的立法。

② 《塔木德经》(le Talmud),犹太律法、思想和传统的集大成之作。公元1—2世纪,犹太人恢复独立的愿望被罗马帝国粉碎,于是将目光转向传统律法的研究和编纂。以后各个时代的判例和新思想都汇入到了《塔木德经》之中,使分散于世界各地的犹太人得以跨越距离、风俗和语言的差异,通过《塔木德经》而紧密联系在一起。《塔木德经》有两个版本,分别为3世纪中叶在巴勒斯坦编纂的耶路撒冷版和6世纪改订增补后的巴比伦版。

③ 喀巴拉(La Kabbale),希伯来文"הלבק"的音译,意为"接受传授之教义",表示接受根据传说传承下来的重要知识。13世纪以后,"喀巴拉"一词泛指一切犹太教神秘主义体系及其派别与传统。

④ 西奥多·阿多诺(Theodor Wiesengrund Adorno,1903—1969),德国哲学家、社会学家、音乐理论家,犹太人,法兰克福学派第一代的主要代表人物,社会批判理论的理论奠基者。他在1955年出版的文集《棱镜》(Prismes)中有一句名言:"奥斯威辛之后,写诗是野蛮的。"

索犹太人的身份及其生存的语境，也是反思文学与诗歌固有生命力的重要场域。阿多诺将大屠杀视为诗歌终结的标志，雅贝斯则认为这正是诗歌的一个重要开端，是一种修正。基于这一体认，他的诗集《我构筑我的家园》（*Je bâtis ma demeure*）于 1959 年出版，收录了他 1943—1957 年间的诗作，由他的好友、诗人和作家加布里埃尔·布努尔作序。雅贝斯在这部诗集的前言中写道："从开篇到第二次世界大战的那些年，犹如一段漫长的回溯之旅。那正是我从最温情的童年到创作《为食人妖的盛筵而歌》那段时期。而与此同时，死亡却在四处疯狂肆虐。一切都在崩塌之际，这些诗不啻拯救的话语。"

此后，雅贝斯呕心沥血十余年，创作出七卷本《问题之书》（*Le Livre des Questions*，1963—1973），并于其后陆续创作了三卷本《相似之书》（*Le Livre des Ressemblances*，1976—1980）、四卷本《界限之书》（*Le Livre des Limites*，1982—1987）和一卷本《腋下夹着一本袖珍书的异乡人》（*Un Étranger avec, sous le Bras, un Livre de petit Format*，1989）——这十五卷作品构成了雅贝斯最负盛名的"问题之书系列"（*Le Cycle du Livre des Questions*）。

除上述作品外，雅贝斯还创作了随笔集《边缘之书》（*Le Livre des Marges*，1975—1984）、《对开端的渴望·对唯一终结的焦虑》（*Désir d'un commencement Angoisse d'une seule fin*，1991）、短诗集《叙事》（*Récit*，1979）、《记忆和手》（*La mémoire et la main*，1974—1980）、《召唤》（*L'appel*，1985—1988）以及遗作《好客之书》（*Le Livre de l'Hospitalité*，1991）等。

1991 年 1 月 2 日，雅贝斯在巴黎逝世，享年七十九岁。

雅贝斯的作品风格独树一帜，十分独特，实难定义和归类。他在谈及自己的创作时曾说，他始终为实现"一本书"的梦想所困扰，就是说，想完成堪称真正的诗的一本书，"因此我梦想这样一部作品：一部不会归入任何范畴、不会属于任何类型的作品，却包罗万象；一部难以定义的作品，却因定义的缺席而大可清晰地自我定义；一部未回应任何名字的作品，却一一担负起了那些名字；一部横无际涯的作品；一部涵盖天空中的大地、大地上的天空的作品；一部重新集结起空间所有游离之字词的作品，没人会怀疑这些字词的孤寂与难堪；一处所有痴迷于造物主——某个疯狂之欲望的尚未餍足之欲望——的场域之外的场域；最后，一部以碎片方式交稿的作品，其每个碎片都会成为另一本书的开端……"。

美国诗人保罗·奥斯特（Paul Auster，1947—）1992年在其随笔集《饥饿的艺术》（*L'Art de la faim*）中这样评价他的独特文体：

> （那些作品）既非小说，也非诗歌，既非文论，又非戏剧，但又是所有这些形式的混合体；文本自身作为一个整体，无尽地游移于人物和对话之间，在情感充溢的抒情、散文体的评论以及歌谣和格言间穿梭，好似整个文本系由各种碎片拼接而成，却又不时地回归到作者提出的中心问题上来，即如何言说不可言说者。这个问题，既是犹太人的燔祭，也是文学本身。雅贝斯以其傲人的想象力纵身一跃，令二者珠联璧合。

沉默是雅贝斯文本的核心。他在"问题之书系列"中详尽探讨了语言与沉默、书写与流亡、诗歌与学术、词语与死亡之间错综复杂的关系，以期超越沉默和语言内在的局限，对词语与意义的根源进行永无止境的探求，并借此阐发自己的思考和感悟。正如美国诗人罗伯特·邓肯（Robert Duncan，1919—1988）在其随笔《意义的谵语》（*The Delirium of Meaning*）中所说，"《问题之书》似乎是在逾越字面意义的边界，引发对意义中的意义、字词中的字词的怀疑和猜测"。雅贝斯正是凭借在创作中将犹太教经典的文本性与个人的哲学研究相结合的方法，通过持续不断地提出无休无止的问题，并借这些问题再行创作的超卓能力而获得了成功。

雅克·德里达高度评价雅贝斯的"问题之书系列"，他在《论埃德蒙·雅贝斯与书之问题》[①]一文中写道：

> 在《问题之书》中，那话语音犹未改，意亦未断，但语气更显凝重。一枝遒劲而古拙的根被发掘出来，根上曝露着一道年轮莫辨的伤口（因为雅贝斯告诉我们说，正是那根在言说，是那话语要生长，而诗意的话语恰恰于伤口处萌芽）：我之所指，就是那诞生了书写及其激情的某种犹太教……若无信实勤敏的文字，则历史无存。历史正因有其自身痛苦的折痕，方能在获取密码之际反躬自省。此种反省，也恰恰是历史的开端。唯一以反省为开端的当属

---

① 《论埃德蒙·雅贝斯与书之问题》（*Edmond Jabès et la question du livre*），原载雅克·德里达论文集《书写与差异》（*L'écriture et la différence*），法国：索耶出版社（Éditions du Seuil），1967，第99—116页。

历史。

雅贝斯这种尝试以片段暗示总体的"跳跃—抽象"创作模式以及他的马赛克式的诗歌技巧，对20世纪的诗人和作家产生了极其重大的影响。1987年，他因其诗歌创作的成就而荣获法国国家诗歌大奖。更为重要的是，他对后现代诗歌以及对莫里斯·布朗肖[①]、雅克·德里达等哲学家思想的影响，已然勾勒并界定出一幅后现代文学的文化景观，他自己也成为众多专家学者研究的对象。他的作品被译成包括英语、德语、西班牙语、瑞典语、希伯来语和意大利语在内的多种文字出版。特别值得一提的是，他的《问题之书》由罗丝玛丽·瓦尔德洛普[②]"以大师级的翻译"（卡明斯基[③]语）译成英文在美国出版时曾引起巨大的轰动，被视为重大的文学事件。

由广西师范大学出版社出版的这套《埃德蒙·雅贝斯文集》，系首次面向中文读者译介这位大师。文集收录了"问题之书系列"的全部作品——《问题之书》《相似之书》《界限之书》和《腋下夹着一本袖珍书的异乡人》——以及诗集《我构筑我的家园》和随笔集《边缘之书》，

---

① 莫里斯·布朗肖（Maurice Blanchot, 1907—2003），法国作家、哲学家和文学评论家，其著作对后结构主义有重大影响。
② 罗丝玛丽·瓦尔德洛普（Rosmarie Waldrop, 1935—），美国诗人、翻译家和出版人，雅贝斯"问题之书系列"的英译者。生于德国，1958年移居美国。
③ 卡明斯基（Ilya Kaminsky, 1977—），美国诗人、大学教授。犹太人，生于苏联（现乌克兰），1993年移居美国。所引文字系其为《ECCO世界诗选》（The ECCO Anthology of International Poetry）所作的序言《空气中的交谈》。

共六种十九卷，基本涵盖了雅贝斯最重要的作品。

感谢我的好友叶安宁女士，她以其后现代文学批评的专业背景和精深的英文造诣，依据罗丝玛丽·瓦尔德洛普的英译本，对我的每部译稿进行了专业、细致的校订，避免了拙译的诸多舛误，使之能以其应有的面貌与读者见面。

感谢我的北大老同学萧晓明先生，他在国外不辞辛苦地为我查阅和购置雅贝斯作品及各种文献资料，为我的翻译和研究提供了巨大的帮助。

感谢中国社会科学院宗教研究所研究员黄陵渝女士，她对我在翻译过程中提出的犹太教方面的各种问题总能详尽地答疑解惑，使我受益匪浅。感谢我的北大校友、中国社会科学院宗教研究所研究员刘国鹏先生，是他介绍我与黄陵渝研究员结识。

感谢我的兄长刘柏祺先生，作为拙译的首位读者，他以其邃密的国文功底，向我提出了不少极有价值的修改建议，并一如既往地承担了全部译作的校对工作。

感谢法国驻华使馆原文化专员安黛宁女士（Mme. Delphine Halgand）和她的同事张艳女士、张琦女士和周梦琪女士（Mlle. Clémentine Blanchère）。她们在我翻译《埃德蒙·雅贝斯文集》的过程中曾给予我诸多支持。

感谢广西师范大学出版社多马先生，他为《埃德蒙·雅贝斯文集》的选题和出版付出了极大心血。

对译者而言，首次以中文译介埃德蒙·雅贝斯及其作品，是一个全新的挑战。因个人水平有限，译文中难免存在这样那样的谬误，还望方家不吝赐教。

译者

己亥年重阳于京北日新斋